人生充满不易，愿我由诗生发的文字，
能让你感受到些许温暖吧！

不及你
人间星河

THE LOVE OF
MY LIFE

You are more precious than
everything

由诗入引
凄婉唯美治愈系
故事集

编著 慕亦凡

版 武汉出版社

图书在版编目（CIP）数据

人间星河不及你 / 慕亦凡编著. -- 武汉：武汉出版社，2021.11
ISBN 978-7-5582-4735-4

Ⅰ．①人… Ⅱ．①慕… Ⅲ．①散文集－中国－当代 Ⅳ．①I267

中国版本图书馆CIP数据核字（2021）第097388号

人间星河不及你
RENJIAN XINGHE BU JI NI

编　　著：慕亦凡	
责任编辑：雷方家	
特约编辑：赵芊卉	
封面插图：小石头	
装帧设计：1101	

出　　版：武汉出版社

社　　址：武汉市江岸区兴业路136号　　邮　编：430014

电　　话：（027）85606403　85600625

http://www.whcbs.com　　E-mail:zbs@whcbs.com

印　　刷：北京金康利印刷有限公司　　经　销：新华书店

开　　本：880mm×1230mm　1/32

印　　张：8　　字　数：180千字

版　　次：2021年11月第1版　2021年11月第1次印刷

定　　价：45.00元

目录

一面恩情桃花缘，终成悔恨错红颜·《氓》
——（先秦）《诗经》

氓之蚩蚩，抱布贸丝。匪来贸丝，来即我谋。

送子涉淇，至于顿丘。匪我愆期，子无良媒。

将子无怒，秋以为期。

乘彼垝垣，以望复关。

不见复关，泣涕涟涟。既见复关，载笑载言。

尔卜尔筮，体无咎言。以尔车来，以我贿迁。

桑之未落，其叶沃若。于嗟鸠兮，无食桑葚！

于嗟女兮，无与士耽！士之耽兮，犹可说也。

女之耽兮，不可说也。

桑之落矣，其黄而陨。

自我徂尔，三岁食贫。淇水汤汤，渐车帷裳。

女也不爽，士贰其行。士也罔极，二三其德。

三岁为妇，靡室劳矣。夙兴夜寐，靡有朝矣。

言既遂矣，至于暴矣。兄弟不知，咥其笑矣。

静言思之，躬自悼矣。

及尔偕老，老使我怨。

淇则有岸，隰则有泮。总角之宴，言笑晏晏。

信誓旦旦，不思其反。反是不思，亦已焉哉！

　　也许，他们的相逢，就是一场错误的开始。

　　他本是外乡人，经常抱着布匹，到她所在的城中换丝。他们的相遇，也纯属偶然。

　　那一日，他们在集市上偶遇，彼时的她，正是贪玩莽撞的年纪。好不容易出来一次，正玩得不亦乐乎，不小心撞掉了他抱着的布匹。

　　她年纪虽小，却不是不懂礼数的，连忙为自己的莽撞道歉，心中难免有些不安。布匹落地，难免沾染了灰尘，她分明看到他的眉头微皱，显出几分不悦的样子。

　　无论如何，这是她闯下的祸事。她想着，事情已经出了，总要解决才是。便自觉蹲下身，帮他拾起落地的布匹，准备承受他的怒气。

　　幸运的是，当他把关注布匹的眼光投向她时，他的怒气好像全然消解了，对着她连声说着"不妨事，不妨事"，温和中带着几分欣喜，仿佛他的布匹并不是因她而掉落的，他倒要感谢她偶然路过，施以援手似的。

　　这样的变化，让她觉得有些奇怪，更多的，是逃过一劫的欢欣。要知道，她方才还怕这人因为布匹脏了而不依不饶，要上她家里去，找她的父母赔偿损失呢。那样的话，她一定很久都不能出门了。这样想着，她便对这人多了几分谢意。

　　之后的日子悠悠地过，她依然是那个活泼大胆、无忧无虑的少女，闲不住了就央求父母让她到集市上去，偶尔也会偷偷溜出家门。

　　在这样的日子里，他们碰面的机会多了起来。他仿佛是集市上贸丝的常客，起初再见时，她还略微有些惊讶，后来便逐渐习惯；再后来，他们会相逢一笑，会点头示意，他甚至会送她回家。

　　一时间，她竟弄不清楚每次去集市，究竟是为了玩耍，还是为了见他。

　　他们越发熟识，在一次次的见面中，她逐渐看清了自己的心意——除了父亲和家中兄弟，她还从未和哪个男子有这样密切的往来，然而她却毫不厌烦，只盼着这样的接触能够再多一些，再久一些。她想，她一定是喜欢上他了。她有些雀跃，却又有些担忧。这么久以来，她觉得那个少年亦是喜欢她的，可她不敢告诉家中父母，他似乎也没有主动提亲或者上门拜见她父母的意思。他们如今这样，又算什么呢？私订终身吗？一想到这个词，她便紧张起来。她家虽不是什么富贵人家，对她也几乎有求必应，但婚姻大事，也必定是要按照"父母之命，媒妁之言"的规矩来，她这样贸然喜欢上一个外乡人，怕是不妥。总归，先要让他先见一见父母，上门提亲吧。

　　她正盘算着如何妥善处理这件事，他却主动提出来了。那一日，他又借着贸丝的名义与她相见，才一见面，他就主动开口。只是，他似乎也太着急了些，省去了好些步骤礼仪，开口便要与她成婚。

　　她自然是欢喜的。这么久以来，她一直觉得自己摸不清他的心思，如今见他主动开口，足见与她心心相印。

　　只是，他们还有好些事情没有完成，怎能说成婚就成婚？她心中虽盼望出嫁，可也不想自己嫁得这样仓促，便对他说，要过些时候。他似乎不解她的忧愁，偏要叫她将话挑明了：至少，你应该请个媒人，去我家提亲啊！

　　她又看到了他皱起的眉头和不耐的神情，一如他们初见那天，她刚撞掉他布匹时的样子。他依旧隐忍未发，只是转身要走，但她知道，他生气了。她不明白的是，本来就是正常的程序，如何却惹他不快？罢了，也许，他只是想快点娶到她。

　　她随着他的脚步走了一程又一程，一再向他表明自己的心意。他的怒气随着她的情话消减了许多，却始终是快快不乐的样子。她只恨路太短，嘴太拙，不能哄得恋人开心。

　　临分别的时候，她终于下定了决心：只要他们相爱，有没有那些烦琐的礼仪又有什么要紧？他考虑不周的地方，就由她来做吧，只要秋天的时候，他来娶她做新娘便好。

　　她的家人不是没有劝说过，只是，她已完全沉醉于爱情中，一副非他不嫁的样子，父母从来疼她，不忍她愿望落空，最终还是同意了这门亲事。出嫁前，娘家给她准备了丰厚的嫁妆，母亲含着泪叮嘱她，嫁过去也要记得对自己好一些。

　　她觉得母亲多虑，她怎会对自己不好？况且，她并不是孤身一人，他也会呵护她的，占卜的卦象上都说了，他们的婚姻是大吉之兆。

　　待嫁的日子，总是短暂又漫长。虽然距离拟定的婚期已经不剩多少日子，但是因为思念总会将这所剩无几的日子变得无比漫长。明知道过不了多久就能见到他，却还是忍不住要流下思念的泪水，见到他时，又仿佛拥有全世界那般开心。

　　终于，他驾着车来接她。她带着嫁妆，带着对未来生活的期许，和他一起回到了属于他们的家。

　　婚姻与爱情，终究是很不同的。爱情可以是恋人的眼波流转，是你侬我侬的花前月下，婚姻则是两个人的携手并进，是平淡日子里的柴米油盐。

　　当她步入婚姻时，她才逐渐理解了母亲含泪的叮嘱，让她记得对自己好一些。她也隐隐猜到了，他为何连正常的提亲流程都不肯走——他家实在不富裕，甚至可以说全无积蓄。其实，这些都没关系，她在家中虽然是被娇养长大的女儿，该会的技艺却样样拿得出手，不过是开头辛苦些，日子总会好起来的。

她抱着这样的想法，兢兢业业，勤俭持家。可是，她似乎把一切都想得太简单了——恋爱时只觉得对方样样好，有情饮水饱，成家后面对柴米油盐的日子，她才猛然发觉，也许，她爱上的只是自己心里的那个"他"，而现实生活中的这个人，完全不是她心目中的样子。

她习惯勤俭节约，细水长流，而他却喜欢呼朋引伴，饮酒作乐。好不容易积攒的钱，可能还不够他一顿酒钱。她终于知道为何他时常抱布贸丝，家中却还是一贫如洗——今朝有酒今朝醉的日子，哪里会有积蓄呢？

他们的分歧越来越多，最初的甜蜜也被消磨在柴米油盐之中。起初，她尚且抱着一丝希望，日子总是要过的，彼此习惯一番，也就好了。可他显然不这么想，在日常的琐碎和争吵中，他的脾气越来越差，她终于见到了他不再隐忍时的样子，粗俗、暴力、蛮不讲理。

她在这样的日子里，心如死灰。她有些好笑地想，当初他也忍得辛苦吧，为什么不将怒火发出来呢？初见的那次，或是开口让自己嫁给他的那次，还有当初相处时的许多次分歧，如果早早见到他这样的一面，她也不会迫不及待地把自己交给他。

不过话说回来，当初他的脾性虽然没有全然暴露，却也不是完全无迹可寻，只是那时的自己啊，一心沉浸在爱情里，想的全是那些白头偕老、海枯石烂的恩爱誓言，完全无暇考虑其他。她不禁想起家乡随处可见的桑葚来。那桑葚汁水甜美，路过的斑鸠要是吃多了，就会麻痹；而爱情啊，女子一旦一头扎进了爱情里，就会有深陷其中无法自拔的危险——如今，他可以有家不回，可以继续和他的朋友们玩乐，甚至可以完全将她抛在脑后，去开始一段新的恋情，而她呢？她又能做什么？

嫁给他的这些年，她亲眼见证了当年以为坚不可摧的爱情是如何的不堪一击，她曾经幻想用不求回报的付出让他回头，结果却令他得寸进尺，再无顾忌。这些年，除了满腹委屈、一身伤痕之外，她似乎什么也没有。

现在想想，当初的她简直可笑，明明知道他的所作所为是那样不合常理，却不止一次地以爱情为借口帮他开脱。现如今，她唯一能做的事，就是亲手斩断情缘，与他一别两宽，再不相见。错误已经铸成，重要的是及时止损。

她走的那天，他人虽在家中，却无只言片语的挽留，也许对他而言，她早就是一个无关紧要、可有可无的人了。她无处可去，只能回到娘家。可是，一个婚姻失败的女子，即使回了娘家，也是极易受人指摘的。她一回来，就注定成为街坊四邻谈论的对象，连带着她的家人也未能幸免。她的兄弟们笑她痴傻，自作自受，又指责她当初不听劝告，现下又自作主张结束婚姻，反倒连累家人。

她又何尝不知道正是由于自己的一念之差才酿成今日苦果。只是，她已经错了一次，就不能一错再错，将自己的一生都埋葬在一段无望的感情里。这是她最后的机会，君若无情，我便休。流言蜚语终将烟消云散，今后的日子或许艰难，但只要跳出火坑，总还是可以继续的。

对于这个故事，南宋理学家朱熹的评价是："此淫妇为人所弃，而自叙其事，以道其悔恨之意也。"悔恨是有的，只是"淫妇"二字未免太过刻薄，再说，她也说了"亦已焉哉"，要结束这段感情，并不是完全"为人所弃"。

倒是白居易的《井底引银瓶》一诗，虽不为评价这首诗而作，最后几句却可作为此诗的最佳注脚："为君一日恩，误妾百年身。寄言痴小人家女，慎勿将身轻许人！"

盼人间山河犹在，妾自凋零望旧夫·《和项王歌》

—— （秦末）虞姬

汉兵已略地，四方楚歌声。

大王意气尽，贱妾何聊生！

关于虞姬的故事，人们似乎早已耳熟能详。然而正史中对此却从未有过详细记载，甚至连她的姓名都不曾确定，《史记》中有"有美人名虞，常幸从"；而稍后的《汉书》中又载"有美人姓虞"，将她的故事以寥寥数语一笔带过；现如今，人们之所以记得虞姬这个名字，无非就是因为她是项羽的爱人，是西楚霸王铁汉柔情的最佳注脚，人们总能透过"虞姬"二字联想出一曲不离不弃、生死相随的爱情悲歌。而这段故事又无疑会给项羽这个悲情英雄增添几分人性的光辉，尤其是后人在拿刘邦和项羽进行对比时，通常都会觉得项羽和虞姬不离不弃生死相依，而刘邦相比之下虽然是事业上的胜利者，在感情中却像个辜负发妻的负心汉。说来说去，又有几个人会真正在意一个女子的思绪和生死关头的挣扎呢？

那样的乱世之中，人命早已如草芥一般轻贱，也许，连当时追随项羽四处征战的江东子弟都不知道她叫什么名字，从哪里来，只知道突然有一日，他们的将军带回了一名倾国倾城的女子，唤她"虞姬"。是啊，一个女子姓甚名谁又有什么重要的呢？乱世之中的一介女流，能够活命尚且不易，更何况，她竟有幸常伴项王左右，这该是多大的荣幸啊！

军中的男子不管是将军还是士兵，总是奔忙不歇的。他们需要为了脚下的土地和心中的梦想去努力拼杀。而身为女子的她，除了每日在项羽回来的时候陪伴在他身侧之外，其他的时候似乎并没有什么重要的事情必须完成。在日复一日的等待与消磨中，她偶尔也会听到几句传言，有时是关于项王，有时是关于她，还有时是关于他的政敌刘邦。听得多了，不免也会生出些感慨来。自项王将她带回军中，她便一直伴他左右，有幸看着他在一次又一次的攻城略地中建立威信，成为军中人人拥戴的"上将军"；在天寒大雨粮草不足的情况下破釜沉舟，大败秦军，成为天下诸侯的领袖；看着他明明有机会在鸿门诛杀自己的政敌，却最终没有下手，还因此与平日里颇为敬重的亚父范增生了嫌隙；看着他西屠咸阳，火烧阿房，又大封诸侯，自立为西楚霸王。

她想，他真是个复杂而又简单的人啊。一直以来，外界都有传言，说他嗜杀成性，暴虐无道，但面对她的时候，他总是柔情似水的；外界又说他刚愎自用，不听劝告，甚至因此得罪了亚父范增，但对于她的要求，他又似乎总是有求必应的；他勇猛、顽强、骄傲，在许多将士心中几乎是不可战胜的神祇，人人都说他很可能成为这片天下的新主人，但她却忘不了他说"富贵而不还故乡，如衣锦夜行"时，神态语气里都透着孩子一般的天真。若有朝一日，他真的君临天下南面称孤，这天下又会如何，她又会如何呢？

罢了。她又想，何必庸人自扰呢？他骁勇善战，英雄盖世，想必一定能战胜他的政敌，虽然有时候有些急躁鲁莽，但也怀着一颗仁义之心，想来坐拥天下也不算太坏。至于她嘛，她陪着他一路走来，一直都与他感情甚笃，无论今后的日子如何，至少他不会像传言中他的政敌刘邦那样，为了自己的性命置妻儿老父于不顾，甚至亲手将自己的孩子推下马车。他做不出来。他抓了政敌的至亲，却并没有苛待他们，如此，她又害怕什么呢？项王既不是无情之人，便不会丢下她，那么就让她永远追随他吧。

不知从什么时候开始，战局好像有些变了。虽然她身为一介女流，大多数时间都居于项王帐中，白日里也不好随意走动四处打探消息，但原先军中总是捷报频传，很多事情亦用不着她留心打探，胜利的消息总会不胫而走，项王晚间回到帐中，也总会将他的战绩与她分享一二。但渐渐地，士兵们的声音不再透着欢快，项王回来得也越来越晚，拥她入怀的时候也总是眉头微蹙，不得开怀。

她明白自己并不能给项王提供什么实质性的帮助，唯一能做的，就是陪在他身边，为他弹琴，为他舞剑。只希望这舞蹈、这琴声能够暂时解一解他的烦忧。

直到有一日，项王告诉她如今两军相持久攻不下，楚军粮草不足，与汉军以鸿沟为界中分天下，留守鸿沟以东休养生息。她意识到这场旷日持久的天下之争或许并没有那么容易结束，甚

至，她心中还生出隐隐的担忧来：留守鸿沟以东，又能换得几时
安稳呢？

这一次，她并没有忧虑太久。一切都来得十分突然，却又好
似早有预兆。她随着项王，在垓下驻扎。此时的楚军，已经没有
了昔日锐不可当的气势，连日来，项王都在为楚军的兵少食尽而
殚精竭虑。

她分明已经感受到军中将士的士气越来越弱，甚至夜晚她偶
尔走出营帐散散心，都能听到有士兵小声讨论着已经好几日没吃
过一顿饱饭，明天的军粮还不知道能有多少；还有的士兵开始描
述梦中的稻米香味，语气里透着期待和向往，借着摇曳的火光，
隐约能看到士兵脸上有些兴奋和沉醉的表情，但这种兴奋会很快
归于沉寂，取而代之的是更长久的沉默，或者更沉重的叹息。她
想，这场战争不知何时才会结束，也许，很快就会结束了，但
是，最后的胜利却未必如她先前所想的那样，一定会属于项王。
也许，那些叹息的士兵心中也有着和她一样的想法。然而，他们
身为江东子弟，楚国的男儿，跟随着项王这样的将军，又怎么能
够轻易认输？

虽然，项王并不想让她知晓这些忧愁，他总是想将她拥入怀
中，用自己的臂弯为她筑起一道城墙，一如既往地和她说着江东
的男儿是多么英勇无敌，有以一当十之能，万夫莫当之勇，只是

语调再也不似当初那般自信飞扬。那日，他同往常一样风尘仆仆回到营帐中，双目赤红，脸上沾着并未除尽的尘土与血污。他握着她的手，开口想要说些什么，而她却只想让自己的爱人好好睡上一觉。当然，对于她的要求，他向来是不会拒绝的。他本已劳累多日，在她的要求和安抚下，这个在战场上奋力厮杀的男儿不一会儿便睡熟了。

此时，帐外已月上中天，这个夜晚似乎格外地安静。她看着项王睡梦中的脸庞，不知怎么，又想起他们的过往。想起他攻无不克战无不胜的时光，想起他聊起自己功绩时的骄傲，想起自己站在他身边与有荣焉而又有些许担忧和困扰的矛盾心情，忽然觉得有些好笑。到底是她想错了，帝王之争不只是单纯的斗力比武，原本就是为了胜利能够不惜一切代价，什么都愿意舍弃的人才更适合登上无人之巅啊。

只是，如今这种情形，项王该怎么办呢？他会战至最后一刻吗？还是退回江东静待时机？她呢？她是会和项王一起死在乱军之中，还是随他一起远走，抑或被敌方的士兵俘虏，当成一件礼物送给他的政敌？人都有求生的本能，可是如果她真去了敌营，即使暂时活了下来，即使能够凭着几分美貌得新皇的一丝宠爱，这宠爱又能维持多久？在那里，见证他戎马生涯的将变成其他的女子，对于她这样的外来者，又能够容忍几分？她又将付出什么

代价去换一份安稳的生活？这些问题一个接一个地从她的脑海里
冒出，压得她有些喘不过气来。此时，她竟然想和项工一样沉睡
过去，哪怕只能获得片刻的安稳。纷纷乱乱之中，竟隐约听到了
楚地的民歌声。起初她以为是自己出现了幻觉，可这歌声居然久
久不散，好像还越发清晰，从四面八方传到她的耳朵里。她不禁
来到了帐外，发现守营的将士们也早已被这熟悉的歌声所吸引，
有些人还情不自禁地跟唱起来，乡音里带着哽咽，火光中映着泪
光，更衬得晚风凄凉。

　　突然，她听到了熟悉的声音："虞姬，怎么了？怎么会有
楚地的歌声？"他红着双眼，声音里透着一丝震惊，"难道，汉
军已尽得楚地了吗？"不过很快他就平静下来，用平稳的语气说
道："虞姬，事到如今，我只有拼尽全力，做最后一搏了。天
要亡我，我别无选择。在这之前，再给我温一壶酒，舞一次剑
吧。"她照着他的话做了。她想，他果然选择了继续战斗，那
么，她也想好要怎么做了。

　　她将酒壶递给他，拿起剑舞了起来。中途忽然听到他举着
酒壶唱起歌来："力拔山兮气盖世，时不利兮骓不逝。骓不逝兮
可奈何？虞兮虞兮奈若何！"奈若何，这是在问自己，还是在问
她？她忽然想到，当年他攻打巨鹿以少胜多，凯旋时也让她舞
剑。当时她在想什么？她在想，很快替他温酒为他舞剑的将不只

是她一个人，她应该会是他众多夫人中的一个，不久之后将不再是他身边最娇艳的解语花，但毕竟她还是这段峥嵘岁月的见证者，总会有几分特殊的情分。

而今夜，此刻，她想的是，要好好回答他无奈之下提出的问题。最终，她握着手中的剑，刺向了自己的胸膛。那一剑刺得快准狠，以至于她都没来得及看到项王的表情。不过，都不重要了。

"汉兵已略地，四方楚歌声。大王意气尽，贱妾何聊生！"无论是出于何种原因，这应该都是虞姬面对项羽的问题，所能想到的最佳答案。

负心人一别道无忆，才女悲泣化情诗·《白头吟》

——（西汉）卓文君

皑如山上雪，皎若云间月。

闻君有两意，故来相决绝。

今日斗酒会，明旦沟水头。

躞蹀御沟上，沟水东西流。

凄凄复凄凄，嫁娶不须啼。

愿得一心人，白头不相离。

竹竿何袅袅，鱼尾何簁簁！

男儿重意气，何用钱刀为！

提起司马相如，很多人会想起那个雍容娴雅、文采飞扬的男子，用一支笔，写出了大汉王朝的宏图伟业与赫赫天威。当然，更多的人，会想到他和卓文君之间的美丽爱情：相如琴挑，文君夜奔。之后虽不是一帆风顺，但也算一路化险为夷，终得圆满，堪称才子佳人爱情故事的典范。然而，一场圆满的爱情，从来都不会只有爱情。

起初，司马相如只是景帝朝的一个小官，因汉景帝并不爱好辞赋，颇有些怀才不遇。之后他跟随景帝的弟弟梁王来到封地做了文学侍从，才华才堪堪得以展现。也就是在这时，他写下了著名的《子虚赋》，而这也正是日后叩开他仕途之门的那块"敲门砖"。

如不是天生富贵，大多数人在年轻的时候总是要受一阵穷的，即使是后来名震天下的司马相如亦不能例外。随着梁王的逝世，他不幸失业，被迫回到了家乡成都，开始了一段"家贫，无以为业"的落魄时光。

她与他的初见，是在作家出资举办的酒宴上。对于这场宴会，司马相如真是"千呼万唤始出来"，在酒宴中姗姗来迟，隆重登场，吸引了所有人的目光。之后，又在酒宴上抚琴一曲，赢得满座称赞，更赢得了卓家小姐文君的芳心。

彼时的卓文君，是个丧夫不久重返娘家的少妇。早就听家中佣人说起今日会有一位琴技高超清高傲岸之人来家中赴宴，他连县令的拜访和邀请都多次拒绝，这场宴会能请到他也是殊为不易。同样精通音律的她便按捺不住好奇心，悄悄躲在屏风之后观察。

当他的琴音响起的时候，她便觉得这是她许久不曾听过的声音，穿过他的耳膜，传到她的心里，猝不及防地，叩开了她的心门。她明知不妥，却仍然忍不住想要偷偷看一眼他的容貌。也许，这就是天意吧，当她鼓起勇气看向那抚琴之人时，他也发现了她。

不知是不是她的错觉，总觉得他在看到她时，眼角便多出了几分笑意，一时之间觉得十分欣喜，却又在欣喜之中生出几分不安来：他是那样风流倜傥又才情高绝的人啊，倘若，他已有了更好的意中人……

爱情总是这样，容易让人低到尘埃里。

卓文君没想到的是，酒宴结束后，他便买通卓家的佣人，传达了他的心意。这世上，还有什么比两情相悦来得更难、更美好的呢？只是，爹爹是不会同意的。卓家虽不是富可敌国，在四川也算是首屈一指的富商，之前结亲的人家与卓家也算是门当户对，他绝不会把自己的女儿许配给空有几分才名却身无长物的穷小子。

然而，他的琴音，他的面容，他的心意，让卓文君无法忘怀。炽热的爱恋如火焰一般喷薄而出，燃烧着她平日里引以为傲的聪慧和理智。此刻的她，只想抓住这如梦如幻的爱情，没有什么比和他在一起更重要。

她真的这样做了，这是之前从未想过的事。但当她投入他怀抱的那一刻，看着他脸上浮现的笑容，她又觉得，一切都值得。

他们来到了相如的老家成都。卓文君被眼前的景象惊呆了。贫穷会限制人的想象力，富贵也可以。她知道他缺资少财，却没想到他竟家徒四壁。这样的光景，是卓文君之前从未想过的。另外，她还发现，潇洒倜傥琴技卓绝的司马相如，竟然有口吃的毛病。

罢了，既来之则安之，日子总是要过下去的，况且这世上，哪会有十全十美的人呢？前一任夫君家底丰厚，待她体贴，却到底弹奏不出那样动听，让她心醉的曲子来。

只是，有情饮水饱的日子到底过不长久。在成都的日子越久，她就越想念临邛，想念家人。终有一日，她忍不住说出了自己的想法：她想回临邛。

起初，她以为相如会因为不愿意面对她的家人而拒绝，不想他竟很快同意了，并开始准备回程所需的盘缠和物品。这下，不安的那个人又变成了她：不知道父亲如何了？以他在临邛的名望，女儿和人私奔一定会传得满城风雨，回去之后又将如何面对呢？

果然，她私奔的事情闹得满城风雨。父亲大怒，即使知道他们回来了，也依然不许她踏入家门。无奈，她只好将来时所用的车马物资尽数变卖，凑了些银钱，在街上开了家酒馆。形势逼人强，如今，她不再是卓家小姐。走到这一步，她不得不抛开她的矜持与颜面，放下平日里喜爱的素琴与诗书，穿上粗布麻衣，过起抛头露面当垆卖酒的日子。当然，他也并不比她轻松多少。在两个人的努力下，酒馆的生意倒是足以维持生活。不过，他们都清楚，平日里络绎不绝来买酒的客人中，有不少是知晓他们私奔的事情，如今不过借着买酒的名义来看个热闹罢了。

其实，如今的她早已不在意这些，但她的父亲在意。临邛本就不大，她父亲又富甲一方，交游甚广，不久后，他们的境遇就传到了卓王孙耳中。

她自小便被父亲视为掌上明珠，一直被宠爱着长大。这次的事虽惹得父亲震怒，但做父亲的到底不忍心女儿日日劳苦，又觉得女儿这样当垆卖酒，被当成热闹瞧着，到底丢的是卓家的脸面，加上亲戚朋友从旁规劝，毕竟是亲生女儿，司马相如也并非一无是处之辈，到底松了口，给了他们财产和佣人。

　　她本是高兴的，他们终于不必再为钱烦恼，父亲虽然余怒未消，却愿意出手相助，想必已然心软，假以时日，定会原谅她当初的鲁莽行径。然而，她并没有很多时间和父亲达成全面和解，因为相如很快又带着她回了成都。父亲给他们的资产足够他们在成都过上安闲的生活，但她并不明白他为何不肯在临邛多留些时日，却也只能嫁夫随夫。

　　好在，他最终没有让她失望。时光荏苒中，大汉朝已经换了主人。汉武帝不仅站在其父的肩膀上打造出了一个更强悍、更恢宏的时代，还比他父亲多了几分对文学的爱好。武帝读完《子虚赋》后赞叹不已，深觉人才难得，司马相如也因此来到长安，一跃成为御用文人，又陆续写出《上林赋》《大人赋》等不朽名篇，引得龙颜大悦；又被拜为中郎将，持节出使西南，一时间风光无两。她的父亲对这桩婚事再无怨言，甚至在他出使途中重回蜀地时主动登门致歉，后悔将女儿嫁给她的时间太晚，又主动分给她许多财产，竟与家中兄长所得不分上下。

　　她自然是开心的。她终于可以松一口气，如今她的父亲对她另眼相看，叔伯长辈、街坊四邻，曾经摇头叹息的，看她笑话的，哪个不感叹她当年简直是慧眼识英才！他用行动证明了当年她看似荒唐的选择是多么正确。

　　只是，这样的欣慰并没有持续多久。他们的日子越来越好，可是他们之间的话却越来越少。原先她还能安慰自己今时不同往日，如今他平步青云，自然公务繁忙。然而日子久了，她越来越无法欺骗自己，他对她越发敷衍，他已经很久没有为她抚过琴，看着她的时候，眼睛里也早已不复当年的温柔缱绻。甚至，他回家的次数都日益减少，街上甚至传出了他认识了一位茂陵女子，欲纳其为妾的消息。

　　她想，应该是谣言吧。他怎么能这样？她知道再浓的感情也会有淡化的时候，但她以为这并不妨碍他们相濡以沫，相伴到老。她可以接受日趋平淡的相处，却无法忍受当初自己一心奔赴的人转眼间就背叛了这段感情！

　　很快，他连她最后的希望都打破了。她并没有见到他，只收到了他的信。信很短，只有十三个字："一二三四五六七八九十百千万"。独独少了"亿"。她如何不知，无亿便是"无忆"了。他要忘了她的孤绝奔赴，忘了他们相依为命的时光，忘了他们之间的种种。那当初的"琴挑"又算什么？在她心里，那是动人心魄的一见钟情，或许，在他看来不过是偶然一瞥之后的见色起意？又或者，那时他的千呼万唤始出来，他的琴声，他的表白都不过是精心设计好的套路，等着她这个丧夫的富商之女献出自己的一切？不不不，她不能再想下去，她不能就此否定了他们之间的种种。即使他一开始便是有备而来，他的才貌不佳，琴音不假，这么多年风风雨雨的感情亦不假。况且，他是她这么多年倾心相待的人啊！

到如今，她也只能表明态度，为这段感情做最后一搏了。

她给他回了信。信的内容是两首诗，一首《白头吟》，一首《诀别诗》。口口声声说着"闻君有两意，故来相决绝""锦水汤汤，与君长诀"，字里行间却都是缠绵的情意。因为如果真要"诀别"，大可什么都不写，或者只回一个"好"字。

后来的事自不必多言，司马相如被卓文君的剖白打动，浪子回头，兜兜转转，也算是实现了"愿得一心人，白头不相离"的愿望吧。只不过，这样圆满的结局里暗藏着多少隐忍无奈、纠结心酸，千年后的我们早已无从得知了。

又假如，卓文君并没有这样的才华写出动人心扉的诗句表达自己的心声，她又该如何挽回自己的爱情呢？

美好的故事，总不忍细看。

愿与清良伴，不闻浊情乱·《舂歌》

——（西汉）戚夫人

子为王，母为虏。

终日舂薄暮，常与死为伍。

相离三千里，当谁使告女？

　　她是深宫宠妃，歌舞轻灵，一支翘袖折腰舞，舞出绝代芳华。她占尽了汉高祖刘邦的宠爱，与他饮酒作乐，踏地而歌。幽幽深宫中，她既无权谋之术也无朝臣支持，她有的，只是一份垂垂老矣的帝王爱，和一个尚未长大的小皇子。这段爱情于她而言，究竟是缘还是劫？

　　她是正宫皇后，心机深沉，与刘邦同甘共苦数十载，得到的是母仪天下的尊荣，却在似水年华中丢失了丈夫的爱。不过，多年的辗转使她深谙权谋，既然没有爱，就得到更多的权力做补偿吧。于是处心积虑一杯鸩酒，拔除了心中芒刺。小小的酒杯中，是怨是欲，是毒是狠，结束的是一个幼小的生命，背后又是怎样的血雨腥风？

　　刘邦与戚夫人相遇时，天下未定，战火纷飞。关于他们的故事，具体时间、经过几乎无史可考，只有野史中的故事广为流传。那段传说中，她是他的救命恩人。他兵败逃跑被追杀，途中被她救下。她的父亲见他有帝王之相，便将女儿许配与他。刘邦欣然同意，当晚便在她家中设宴欢饮，成了亲。不管传说是真是假，她终究坐上了他的马背，成了他的女人。彼时，她正当二八妙龄，歌喉婉转，舞姿娉婷。

　　她虽是他的妾，却随他四处征战，与他感情甚笃。江山初定之时，他未能封她为后，只能给她夫人的位分。汉初制度，皇帝的正妻称皇后，妾皆称夫人。刘邦姬妾众多，不知这位戚夫人与其他夫人在他心里又有几分不同？

答案不得而知。不过可以知道的是，刘邦真是极宠她的。他们常在宫中歌舞作乐，她为他歌《上灵之曲》，歌《赤凤皇来》，跳翘袖折腰之舞，为他斟酒，听他醉吟《大风歌》，崇拜他的王者霸气；他喜欢拥她入怀，唤她"戚姬"，看着她脸红的模样，开怀一乐，忍不住逗弄一番，与她耳鬓厮磨……在这番浓情蜜意的恩爱下，刘邦老来得子，喜不自胜，给孩子起名"刘如意"。

是啊，如意，如意。在刘邦这棵大树的庇佑下，戚夫人活得太如意。如意到她忘了观察刘邦以外的世界，忘了他的发妻，亦即皇后，他的长子，亦即太子，忘了她自己姓戚，"凄凄惨惨戚戚"的"戚"。

此时入住椒房殿的人，自然是与他一路走来患难与共的吕雉。吕雉本是员外家的女儿，却在刘邦四十多岁时嫁给他，当起了泗水亭亭长的妻子。彼时的刘邦还是刘季，而她亦是娇羞可爱的年轻女子，怀着一颗温柔的心，为他操持家务，洗衣做饭，生儿育女，侍奉老人……向往你耕田来我织布的平静生活。可是刘季注定不是安稳顾家的良人，及至芒砀山起义，夫妻俩更是聚少离多。又有多少次，因为刘项之争，吕雉与孩子们陷入困境，落入敌手，九死一生，她都靠自己撑了过来……也许，他们之间没有多少爱情可言，但他们一起喝过交杯酒，那一杯酒将他们紧密相连。日后的点点滴滴，不论险恶还是显贵，无不昭示着一日夫妻百日恩。

刘邦成为汉高祖后，吕雉得到她应得的权位，戚姬得到皇帝的宠爱与庇护，也算是各有所得吧。《史记》中记："吕后年长，常留守，希见上，益疏。"可见，此时的吕后和皇帝十分疏远，甚至很少见面，更别说与谁争宠。

如果能各安其命，也许还能相安无事。不过深宫中的女子，既然已露头角，不是步步为营，就是步步惊心，不容逃避。刘邦渐渐老去，年老体衰。戚姬仍是那个会跳舞撒娇的小女子，而吕后却再不是当年泗水亭的普通妇人。她积极笼络朝中大臣，与朝中各重臣交好，不断巩固儿子刘盈的太子之位，又用铁血手段诛杀韩信、彭越等功臣武将，让戚姬渐生害怕之心。

与吕后相比，她缺少政治手腕，没有朝臣支持。唯一能够与她相抗的，就是刘邦对自己和如意的宠爱。于是，她只有紧紧抓住刘邦这块浮木求得母子平安。而太子刘盈生性懦弱，不讨刘邦欢心，汉高祖刘邦以其"不类我"欲废刘盈，改立如意为太子。戚姬心喜，连忙吹起了枕边风："常从上之关东，日夜啼泣，欲立其子代太子。"

戚夫人虽不聪明，但也懂得要保护自己和孩子。只是她还是

过于单纯，认为天大地大皇帝最大，太子废立，也全在皇上一念
之间。她似乎忘了，或者根本不懂得，皇帝至高无上的权威，本
就意味着许多时候他不能率性而为。朝堂上的大臣之争，使刘邦
迟迟不能决断。与此同时，吕后这边也在积极筹划着。她采纳了
留侯张良的建议，请到当时闻名遐迩的"商山四皓"出山，准备
打响最后的"太子保卫战"。

　　最终，太子之争以吕后获胜而告终。刘如意只是被封为赵
王，年龄到了，便前往封地。其实，整个事件不只是两个女人的
争斗，也是刘邦与吕后的博弈。羽翼已丰的人，与其说是太子，
不如说是吕后。刘邦未能瓦解吕后及其家族的势力，而他的死，
也宣告了戚夫人苦难的开始。

　　刘邦死后，刘盈继位，吕后掌权。没有了靠山的戚夫人，成
了吕后掌中的蚂蚁，任人欺凌宰割。她脱下华服，被贬至永巷。
从娇滴滴的深宫宠妃，变为惨兮兮的舂米下人。这里，没有锦衣
玉食，没有欢歌快舞，只有一位终日舂薄暮的妇人，带着她的记
忆过活。在记忆深处，她还是那个年方二八，俏颜如花的女子，
与汉王相遇在定陶城里的春天。从此飘飘处处逐君王，跳过无数
次翘袖折腰舞，饮过无数杯美酒佳酿。却不承想往昔的幸福酿成
的却是今日这杯苦酒。她终是不甘就此饮下，于是唱出《舂歌》
表达心声。

但是，她无论如何也不会想到，这首歌不仅让她沦为绝无仅有的"人彘"，也加快了儿子刘如意性命的终结。

吕后和戚夫人之间，本就没多少情意可言。经历了废立太子一事，戚夫人母子已经真正成了吕后心中的芒刺，甚至是心魔。他们的存在，似乎总让吕后觉得如鲠在喉。戚夫人在舂米时竟还吟唱着："子为王，母为虏。终日舂薄暮，常与死为伍。相离三千里，当谁使告女？"这样的诗句，更让吕后抓住了把柄，欲除之而后快：没有了先皇，还想让你的儿子来救你吗？那么，就让你的儿子死了，而你，只能生不如死。

刘邦驾崩前，曾派宰相周昌护佑赵王如意，吕后费了一番周折，才将赵王召回了京都长安。谁料想半路杀出个程咬金——善良温弱的汉惠帝刘盈，这时成了如意的保护神。由于从小和母亲在一起，刘盈自然知道母亲的狠绝手段，于是早早出城相迎，与如意同进同出，同吃同游，吕后一时也找不到下手的时机。然而，百密总有一疏，何况与吕后斗法，惠帝实在不是对手。

那日清晨，一切一如往常般平静。惠帝早起练习骑射，看着一旁酣睡的弟弟不忍叫起，便轻轻离开了。可当他回来时，见到的却是如意冰冷的尸体，七窍流血的面容，还有那被扔在地上的酒杯，杯中似乎还有残存的酒汁，点点滴滴附着在杯壁上，令人浑身发冷。

他知道，这是自己母亲的杰作。一杯毒酒，就这样悄无声息地，结束了一个孩童的生命。想着昨晚临睡前，如意还跟他说，他要与哥哥做一辈子好兄弟，将来与他把酒言欢……当时他只当这是孩童笑语，没想到却成了最后的遗言。他不明白母后为何如此狠毒，竟处心积虑地要置一个孩子于死地。

数日之后，惠帝又受吕后之邀，来到永巷观看戚夫人沦为"人彘"的惨状。此时的吕后，已经完全沉醉于报仇雪恨和扫除心腹大患的得意之中，大概没有想到，这样的举动会引起儿子深深的敌视与无尽的消沉。他派人前去传话："此非人所为。臣为太后子，终不能治天下。"继而沉溺于酒色之中，身体也每况愈下，最终早逝。

自此，吕后正式开始垂帘听政，这天下，成了她一个人的舞台；这场戏，演绎着她一个人的独角戏。在此之前，她的双手已经沾满血腥。她想毒杀的人绝不止赵王一个。其实，她早已用自己数十年的爱恨情仇熬成了最致命的毒酒，给了这场戏中的每一个人，毒了他人，伤了自己。若干年后，当她端坐于高台之上，是否会想起当年嫁给泗水亭亭长刘季时的心情？

无论如何，历史都已做出选择。吕雉，注定成为那个手持鸩酒，孤独狠绝的"恶女子"，而戚姬，注定是刘邦生命中陪他饮酒欢歌却最终凄惨凋零的"解语花"。

高山当仰止，深宫自无情·《卫皇后歌》
——（汉）汉乐府民歌

生男无喜，生女无怒，

独不见卫子夫霸天下。

　　唐代白居易名篇《长恨歌》中一句"遂令天下父母心，不重生男重生女"，极言唐明皇对杨贵妃的宠爱，已经足以改变世人的一贯看法。其实，司马迁早已在《史记》中写下过类似的句子，后来又被收录于北宋郭茂倩所编的《乐府诗集》中。这一次，故事的女主角变成了汉武帝的第二任皇后——歌女皇后卫子夫。

　　他与她的故事，开始于平阳侯府的那个晚上。

　　她本是平民女子，出生寒微，有幸入了平阳公主府中做歌女，原以为到了年龄自然会被放出府外，和许许多多普通女子一样，找个踏实可靠的男子结婚成家，相夫教子，平静过完自己的一生。却不想，她的命运，在那样一个晚上，因为一首歌而彻底改变。

　　其实，对于皇帝的到来，卫子夫并不意外。当今天子是平阳公主的亲弟弟，一母同胞，感情甚好，平时府中的赏赐也络绎不绝，她们这些在府中做歌女的也常常跟着受惠，日子过得并不算辛苦。况且陛下会在上巳节祭祖之后驾临平阳侯府看望公主，这是早已定下的事情，她们也早早接到了通知，开始准备献给皇上的歌舞。

　　一起排练的姐妹中，不乏希望借着这次机会被带入宫中的。其实这并不奇怪，公主平日里提供给她们的吃穿用度比起一般平民来要好上许多，而且也不用她们负责府上日常洒扫的工作，还请了专人来做她们的教习，如此精心的培养，想必也是存了在她们之中挑选合适人选献给皇上的心思，但比起进宫，她其实更想留在平阳侯府。不说别的，这里还有她的弟弟卫青，她与卫青也是一母所生，如果真的进宫，岂不是再难见面？况且她想，这种事谁知道呢？也许那天皇上只是想看看他的姐姐，并没有兴致欣赏歌舞，草草一听便挥手让她们退下了，又或者不让她们上场也未可知。总之，她想过许许多多的可能，唯一没想到的是，她和弟弟都被带入了宫中，双双成了武帝一朝的传奇人物，有朝一日，长安的百姓竟也会传唱着"独不见卫子夫霸天下"的歌谣。

　　见到皇上的那天，她是紧张的。那是天子，是整个国家的主宰，多少人一辈子都无法得见天颜。不过，也只是有一些紧张罢了，毕竟同去的有那么多姐妹，她并不是其中最出挑的那个，所处的位置也并不显眼，只要按部就班完成任务就可以了。

　　然而，从上场开始，一切就已经脱离了她的预想。唱歌时，她控制不住好奇心悄悄用眼角的余光向皇上的方向瞟了一眼，却恰好迎上了他的目光，她甚至感觉，他好像这样看了她很久……

　　起先她觉得一定是自己因为紧张而产生了错觉，直到她听见，皇上留宿府中，而她被安排为皇上的侍女。

　　一切是那么的顺理成章，又好像猝不及防。直到她准备和皇上一同入宫，才知道公主还向皇上推荐了她的弟弟卫青，这次也一同进宫去。临上马车时，公主叫着她的名字，用一种她从未听过的语气对她说："子夫，日后富贵了，可不要忘了我这个引路人啊！"

这话让她觉得很不可思议。平阳公主与皇上素来亲厚，而她就算进宫，也不过是他众多后宫佳丽中的一个，漂亮女子那么多，难道她入了宫就一定能富贵到和公主相提并论的程度？听说当今皇后还是长公主的女儿，那样高贵的出身，尚且不能赢得皇上的宠爱，像她这样的女子，只凭着歌女的身份偶然被陛下带进了宫，前路还有多少茫然未知，又有什么可以倚仗呢？

事情果然如她料想的一样，入宫之后，她被安排在掖庭居住，并未及时获封。甚至从那之后，再也没有机会得见天颜。皇宫之中果然佳丽如云，他又如何记得一个意外临幸的歌女呢？

在掖庭的日子，难免会听到一些后宫中的闲言碎语，诸如陛下幼时曾许诺皇后"金屋藏娇"之语，如今却与皇后不睦，皇后多年花费重金求子，至今无果，等等。不过真真假假，都与她无关了。她只是一个偶然被皇帝看上，又很快被遗忘的女子，好在宫中也不养闲人，到了一定的年纪，会放一批无用的宫女出宫。

那一年，她本该在出宫之列。想想入宫前平阳公主对她说过的话，如今的她却连平阳侯府也回不去了，不禁有些悲从中来，泣涕涟涟。

奇妙的是，这一哭，仿佛也唤起了皇上的记忆，她被他重新记起，受到了前所未有的宠幸，同样被拔擢的，还有她的弟弟卫青。

彼时汉朝的皇后还是长公主的女儿陈阿娇。帝后不和早已不是什么新鲜事，在掖庭时她便听过些传言，获封承宠之后又听后宫中人议论了不少，受皇后责备惩罚的次数也不在少数，多多少少对帝后的关系有了些了解，又多了点好奇。

私下里，她也劝过他，要与皇后缓和关系。原因无他，除了同为女子的感同身受外，也实在不想总被皇后针对责罚。

他总对她的这番说辞不以为意，所以当她问起"金屋藏娇"的由来，他倒也不避讳，说起他与皇后的过往。说到"金屋藏娇"，他的语气里透着隐隐的不满与满满的不屑："多少年前的事了，怎么还在传？就算真的说过吧，那也不过是儿时戏言。再说，如今她已贵为皇后，入主椒房殿，天下还有比这更大的金屋吗？朕也不算违背诺言。况且她和长公主总喜欢提当年立太子的事，好像要不是朕娶了她，得到她母亲的提携，就当不了太子，做不成皇上了！当年刘荣被立为太子的同一年朕也被封为胶东王，母亲也是先帝宠妃，虽比不得太子尊贵，但也绝不落魄。要说这太子之位有长公主的帮忙倒也未必是假，但事关储君，怎可能只听长公主一人之言。如今皇后想要椒房专宠，长公主凭借权位卖官鬻爵，这个皇帝当得处处掣肘。但总有一天，大家都会知道，大汉朝的天子，叫刘彻！"

　　她听着他的这些话，不禁生出些感慨和悲哀来。同为女子，她其实是能理解皇后的。这世上绝大多数的女了，所求的无非是夫君的爱而已。儿时的金屋之约，在他看来不过是戏言，皇后可能已经当成了诺言。入主椒房殿后的冷落，在皇后看来是对诺言的背叛，在他眼中却是兑现承诺的方式。而那些在他看来无理取闹的争吵，又何尝不是一个女子渴望得到关心和爱护的表达呢？何况皇后本是长公主之女，自然是在万千宠爱中长大，受到如此冷落，心中自是不平。至于前朝后宫各方势力的盘根错节，可能根本就不在皇后的考虑之列，她只想提及往日的情分换得更多的爱意，没想到这往日情分在他眼中，却是阻碍，是威胁。

　　后来，窦太后崩，作为太后的女儿，长公主的势力亦大大削弱，帝后关系越来越差。

　　终于，皇后听信谗言，竟在宫中行巫蛊之术。这本是宫中大忌，身为国母更是沾不得。她想，不知道皇后内心该是怎样的绝望，才会做出这样荒唐的举动来。皇后最终因巫蛊之事被废，还好陛下最终没有下令赐死她，只是幽闭长门宫，一切待遇也没有削减。

　　不久后，她生下了长子刘据，被立为新的皇后。

　　她得知这个消息时，是有些惶恐的。毕竟，她入宫多年，虽然久蒙圣宠，却屡屡被议论出身太低。而今，他竟然要立一位歌女做皇后！

　　但他执意如此，她知道，如今的他早已不是那个处处受掣肘的皇帝，他大权在握，成了这个国家真正的主人。他想做的事，没有人能够阻止。立后如此，讨伐匈奴也如此。说起匈奴，她又想起了弟弟卫青，如果不是陛下决意征伐匈奴，又大胆任用卫青，她竟不知她的弟弟会有如此让人惊叹的军事才华。这正是她崇拜他的地方啊！这个男人的心中有着雄图伟略，为了达成他的目标，他一向都敢想敢做，无所畏惧。现在，这个人邀请她做他的皇后，在权力之巅与他并肩而行，即使有些不安，她不能拒绝，也无法拒绝。

　　他为她举办了庄重而盛大的册封仪式。典礼上，她踏过重重台阶，一步步向他靠近，而他端坐在最高处，笑吟吟地握住她的手，让她安坐在他身边。这是她梦中也不曾想过的景象。

　　大典过后，她正式成了椒房殿的主人。偶尔在殿内也会听到宫女丫鬟们议论，讨论着坊间流传的歌谣："生男无喜，生女无怒，独不见卫子夫霸天下。"

　　这样的歌谣她听了一次，便禁止宫女们议论传播，若给有心人听到，又不知会掀起怎样的风浪。说来好笑，她何德何能担得起一个"霸"字？她的弟弟如今是位高权重，可也过得小心翼翼从不逾矩；她的外甥霍去病虽得皇上重用却也只是个少年，除了攻打匈奴之外别无他想。他们的权位，是用战场上的累累军功换来的！

至于她，她这个椒房殿是越来越冷清了。年轻的时候，他说最喜欢她的头发，现在她容颜渐老，秀发不再。宫里的美人换了一批又一批，他的宠妃也换了一个又一个。李夫人、王夫人，她连他的宠爱都无法独霸，又如何"霸天下"！而且她的儿子刘据虽被立为太子，却并不讨他欢喜，常常被说成"子不类父"，他总觉得儿子过于仁厚，每每与她说起，言语之间总有责怪之意。

终于，随着卫青和霍去病的逝世，卫家的势力再不复从前。朝中小人当道，竟制造了新一轮的巫蛊事件，这次的目标，是她和太子。

如今的刘彻，已垂垂老矣。她原以为就算失去了宠爱，多年的夫妻，亲生的父子，总还是有些信任的。然而，帝王的多疑远远超过了夫妻、父子间的信任。最终，他们的孩子，大汉的太子刘据被污为谋反，在逃跑途中被杀。而大汉的皇后，选择用一条白绫了断了自己。

她自缢的那一刻，突然想起了多年以前被废的皇后陈阿娇。如今看来，她的下场又比陈皇后好多少呢？

也许，后宫中的女子，从来就没有赢家。

念君多怜悯，毒酒赐无憾·《塘上行》

——（东汉）甄宓

蒲生我池中，其叶何离离。

傍能行仁义，莫若妾自知。

众口铄黄金，使君生别离。

念君去我时，独愁常苦悲。

想见君颜色，感结伤心脾。

念君常苦悲，夜夜不能寐。

莫以豪贤故，弃捐素所爱？

莫以鱼肉贱，弃捐葱与薤？

莫以麻枲贱，弃捐菅与蒯？

出亦复何苦，入亦复何愁。

边地多悲风，树木何翛翛！

从君致独乐，延年寿千秋。

"江南有二乔，河北甄宓俏。"他们初见时，她是艳名远播，不输大乔、小乔的女子，也是败军之将袁熙的妻子。而他，是那个高高在上，手持利剑，可以轻易决定她生死的人。后来啊，他成了她的夫君，和她育有儿女。奈何兜兜转转，她最终被他赐了一杯毒酒，了此残生。

也许，甄宓注定是个与众不同的女子。

八岁时，别的孩子都会被路边的马戏逗得不亦乐乎，唯有甄宓不屑一顾；

九岁时，甄宓酷爱读书，经常把玩家中兄弟的笔墨，别人嘲笑她身为女子，不能专心修习女红，她也能不卑不亢地反驳。凡古代名门淑媛，大多懂得从书中领悟道理，不读书，如何能以史为鉴？

后来，天下大乱，战争四起，城中很多人需要靠变卖家产首饰度日，而甄家家境殷实，竟买入了大量珠宝。也是甄宓指出，乱世珠宝无用，反而容易引起别人的仇富心理，又奉劝家人拿出粮食等生活物资救济城中的贫苦百姓。

只是，在那样的时代，身为女子，就算再有才华，再有思想，都只能安分做好闺阁小姐，最终，也不过是嫁作他人妇。

她的第一任丈夫，是袁绍的儿子，袁熙。

袁熙无甚才华，也不懂得怜香惜玉，实非良人。然而那时女子的婚事，又岂是自己可以做主的！况且，乱世之中，又哪里有那么多"良人"可以选择呢？不过是赶紧择人嫁了，好依靠夫子家，换得自身平安罢了。

多少女儿心事，在残酷的现实面前，也不得不搁置一旁。

他们在邺城完婚。出嫁前，母亲告诉她，生逢乱世，有太多太多的无可奈何。有再多的财富，终究不如手握权势来得可靠。袁熙是袁绍之子，嫁给他，便是找一个更稳妥的依靠。

新婚之夜，她看着自己的夫君，心中充满了不可言说的迷茫，她知道，眼前这个人是她的丈夫，家中的权势在邺城无人可比。可是，这样的人，这样的权势，并不能给她安定的感觉。婚后不久，袁熙便前往幽州，而甄宓则被留在了邺城，侍奉自己的婆婆。

日子一天天过去，战争逐渐打到邺城，打到了家门口。她的直觉是对的，大争之世，有争夺就会有失败，而失败者不论曾经如何，在他失败的那一刻，都会变成刀下鬼、阶下囚，那些权势、地位、财富，都会像风一样消散，并不能给她带来更多的安稳。

那一日，曹丕手持利剑，带着手下的士兵破门而入，在一片叫喊声中轻而易举地杀死了袁府中负隅顽抗的几个家丁，终于来到了府中内院，来到她与婆婆面前。

　　她远远地便看见了他手中的那把剑，原以为今日在劫难逃，已经做好了慷慨赴死的准备。是的，她情愿就这样干脆利落地死去，也不愿苟且偷生，任人欺凌！然而，她万万没想到，平日里习惯高高在上的婆婆，竟然这样轻易地低头求饶，甚至不惜主动提出将她作为礼物献出，换取活命的机会。

　　她在震惊和绝望中抬起了头。她觉得这一定是她一生中最狼狈的时刻，满脸血污，蓬头垢面。她实在不想以这样的面目示人，甚至想过趁人不备，撞到那把滴血的剑上。谁料，当他看到她时，那个手持利剑一路杀来的恶魔竟突然变得彬彬有礼起来，他自然没给她撞剑自刎的机会，相反，他收了剑，俯下身，轻轻擦拭了她脸上的灰尘。又转头对她婆婆说，他是曹丞相之子，愿意护她们平安。

　　他的态度转变太快，快得让她婆婆喜出望外，也让她惊愕万分。后来啊，她们真的活了下来，而她，也毫不意外地成了他的妾室。

　　面对命运的这番安排，她感到有些无所适从。她似乎该感谢老天爷给了她这样倾国倾城的样貌，叫一个杀红了眼的将军一见她就敛了杀气，不仅不杀她，还纳她为妾，让她可以继续过着安闲的生活；但她又不得不为自己的命运感到无力和悲慨：嫁给袁熙这些年，虽与丈夫聚少离多，但她自问兢兢业业不敢稍有懈怠，却转眼便被婆婆当成一件礼物献给他人，这曹丕又是怎样的人呢？他很可能也不过是喜欢她的皮相罢了，袁熙不是她的良人，曹丕便是吗？

不过，随着与他相处的时间越来越长，她发现，嫁给他，似乎也并不是那样糟糕的事情。

他虽长年征战，却绝不只是一介武夫。在这样一个充满杀伐，凭刀兵打天下的时代，他会说出"文章者，经国之大业，不朽之盛事"这样的话来，将寻常武将看来无甚意义的舞文弄墨抬高到前所未有的地位。如果说他的文学气质完全承自他的父亲，似乎也不尽然，他的诗作远比父亲曹操的诗细腻得多，一首《燕歌行》，完全就是思妇的口吻，将女儿家百转千回的心思娓娓道来。她初读之下，简直无法将写出这样诗句的他，和当初提剑杀入府中差一点就要取了她性命的那个人相提并论。

也许，正是因为有着这样细腻的心思，他待她非但不坏，反而十分温存。也因如此，她渐渐放下了戒备，给他生儿育女。

他们有两个孩子，一儿一女。对此，她已十分满足。但她也知道，像他这样的男子，永远不可能只属于她和孩子们，他有着更广阔的世界，更远大的志向，甚至他和他的父亲一样，都有着平定天下的雄心。这些雄心壮志她无法帮忙，她能做的只是孝顺婆婆，抚育孩儿，与他的妻妾们和平相处。幸运的是，这些事情对她来说并没有多大的难度，她本就是温婉聪慧的女子，也从未想过要独占曹丕的宠爱，因此更是得到了曹家上下的一致好评。

一切都仿佛在向很好的方向发展，只除了一件事：天下未定，他仍需四处征战，和她同样聚少离多。不过和袁熙不同的是，他是最后的赢家，甚至，他真的完成了父亲尚未完成的事业，结束了纷纷扰扰的乱世，建立了一个统一的新王朝。

在那些分离的日子里，她会担心战场上刀剑无眼，伤了他的性命，也会为他的胜利、他的功业而感到骄傲自豪。她想，他终于实现了他的理想，而如今的她，再也不必担心有朝一日需要跪在敌人脚下，凭着敌人的一点恻隐之心而侥幸存活。

她许是忘了，随着曹丕登基称帝，岁月赐给他的，不仅是万里江山、无上权力，还有数不尽的美女佳人。她总觉得他并非无情之人，即使如今的她已容颜渐老，他们之间总还有许许多多温柔美好的过往，即使不复当年的恩宠，他也不至于苛待她。他们的那些美好，有她记得，就已足够。

倘若没有那些流言，他或许真的就像她所想的那般，将她安置在华丽的寝殿里，看作一个可有可无的妃子，让她守着他们的孩子，与那些温柔甜蜜的过往，独自老去。只是，后宫中的生活总是一波未平一波又起，即使她想无声无息地老去，上天也似乎不愿给她这个机会。

　　不知从何时起，宫里居然流言四起，盛传她与曹植过从甚密，有不可告人的关系。她只觉得可笑。曹植是他的弟弟，她的年纪本来就比曹丕年长几岁，嫁给曹丕时，曹植不过十二三岁的年纪，说一句"长嫂如母"也不算过分，又能生出什么不可告人的秘密来？要说交往甚密，她也不过是欣赏子建诗才，在之前曹丕与他屡生嫌隙时多次出言维护罢了，除此之外，再无其他。

　　不过，比起这些无稽之谈，更让她伤心的是曹丕的态度——他似乎信了那些恶毒的谣言！也许在他眼中，他们之间的情分根本无法超越帝王家的颜面，在这深宫之中，最不需要的，恐怕就是"真相"二字。她有没有说过什么、做过什么，这些一点儿都不重要，只要有了这样的流言，几乎就可以判定她行为不检，让她万劫不复。流言一起，她曾经的贤良淑德都被一笔抹杀，曾经出于维护兄弟之情的好言相劝，也都变成了别有用心。

　　她实在不知道，他与她怎会走到如此地步，只能在一个凄冷的夜晚，写下一首《塘上行》，记录她心中无法言说的悲苦——众口烁黄金，使君生别离。

　　她犹豫着，不知是否应该想办法将这首诗送到曹丕手上，为她与他之间创造最后一丝可能。只是，她还没有下定决心向他剖白心声，就等来了他所赐的一杯毒酒。原来，宫中又有了更加恶毒的流言，竟说他们的骨肉并非曹丕亲生！皇上盛怒之下，下令赐她毒酒。

　　走到这一步，再多的剖白也无益了。她坦然接受了那杯毒酒，接受了他赐给她的命运。饮下毒酒的那一刻，她又想起了他们初见时的场景——他提剑杀来，却在看见她容颜的那一刻立马收手。多年过去，她最终还是难逃被赐死的命运。

　　只是这一次，她容颜渐老，他亦不曾收手。

风尘为情牵，自由皆枉然·《苏小小歌》
——（南朝）南朝乐府

妾乘油壁车，

郎跨青骢马。

何处结同心，

西陵松柏下。

　　她本该是个无忧无虑，富贵悠游的女子。

　　她的先祖曾在东晋做官，后来，家中虽没有人继续走上仕途，从建康辗转到了苏杭一带，在杭州做了商人。家中只有她一个女儿，因为生得娇小，故取名为"苏小小"。她本该被千娇百宠着长大，在父母的祝福下嫁给自己的如意郎君。怎奈十五岁那年，她的父母双双病故，临终前，将她托付给乳母贾姨妈照料。

　　她家中本有些资产，但父母已逝，只留她一个孤女与乳母相依为命，若不另谋生路，再多的资产也只能是坐吃山空。

　　可是，那样的年代，一个十五岁的少女，失去了父母的庇护，又能做什么呢？

　　她只能变卖家产，换了些积蓄，因热爱西湖山水，便带着乳母在杭州西泠桥畔安顿下来。

　　西泠桥与长桥、断桥并称"西湖三大桥"。杭州西湖，从来就是文人雅士钟爱的地方。

　　她在西泠桥畔与每日往来的游人诗酒唱和，闲暇时，又让人造了辆油壁车，用来游览西湖山水。

　　一来二去，她竟凭着美丽的容貌和不俗的才情，以及那辆标志性的油壁车而声名在外，成了杭州西湖边一道亮丽的风景。

　　这样的日子，其实也没什么不好。可是，有些人注定会相遇，有些事，注定会经历，一切，都仿佛是命中注定的安排。

那年春日，她乘着油壁车，像往年一样到西湖游春。春风拂面，花香袭人。这样的景象，总是容易引起女儿家别样的情思。她坐在油壁车中，不想错过这大好的春光，索性将车窗上的竹帘缓缓卷起。

往后的日子里，她一直庆幸自己当日卷起了竹帘。因为，她不仅看到了西湖的春光，更看到了那个骑马的少年郎。

彼时，他正骑着青骢马从他的车边经过，就那样短短的一瞬，她甚至来不及看清他的面容，却已经将他骑马的身影刻在了脑海里。

眼看着他们就要擦肩而过，她甚至在心中嗤笑自己：怎么如此不矜持，竟被一个身影弄得想入非非，别人还不知是否瞧见你，传出去平白叫人笑话。

正想着，那骑马的公子却又回过头来，停在她的车前，温声问道："姑娘乘油壁车，可是钱塘苏小小？"

她一时间竟忘了自己方才所想的"矜持"二字，带着几分讶异和欣喜，飞快地答道："是。"自她来到西泠桥畔渐渐有了些名气，每日也有不少文人书生慕名前来拜访。虽说只是弹琴唱歌，饮酒赋诗，并无什么过分的要求，她也知道有这样的名声对她这样的孤女而言并非坏事，可日子久了，她还是难免有些厌烦那些没完没了的拜访应酬。

可是现在，她又无比庆幸自己有这样的名声了。他应该没注意到她这个人，却凭着油壁车推测出他的身份，所以才会回过头来，有此一问的吧。

就这样，她下了车，他下了马。刚才在车中的匆匆一瞥，她看到他骑在马上，身姿端正挺拔，便猜想他应是富贵人家的少爷，却从未想过，他是当朝宰相阮道的公子阮郁。他此次来杭州，是为了办差，顺便游赏西湖。

他们就这样相识了。他不愧是宰相的公子，彬彬有礼，见识广博，又丝毫没有许多富家子弟身上的纨绔习气。

她不过是个年轻的姑娘，遇见这样的男子，很难不动心。其实，早在他们初遇时，她不过是看见了他骑马的身影，就已经心旌摇曳。何况，如今的他日日站在她面前，毫无高高在上的架子，每日与她谈论琴棋书画，烹茶赏花，对她温言软语，有求必应。

可是，她虽在感情上早已倾心于他，却又清醒地知道，他们之间，注定没有结果。几年过去，她早已成了声名在外的风尘女子，而他是当朝宰相之子，他们的身份有着云泥之别。她这样的女子，就算才情再高，容貌再美，在达官显贵看来，也不过是平淡生活中的点缀，甚至是闲来无事时的玩物而已。偶尔交往几次，倒还可以作为一桩佳话美谈，彰显自己的情趣品位，若说嫁娶，没有几个不是避之唯恐不及的，恐怕连纳妾都会觉得坏了名声，有辱门楣。

她原想着，这样的日子，过一天算一天吧。他虽然给不了承诺，她也并未要求什么。

可是偏偏，他的承诺来了。他在西泠桥的苍松下对她说了永结同心的誓言，又在乳母贾姨妈面前，信誓旦旦地说，要娶她为妻。

她觉得这承诺是那样的不真实，却又无法断然拒绝他的承诺和他眼中闪烁的光。何况，乳母渐渐老去，一直都很希望她能找一个可靠的人托付终身。乳母知道她钟情阮郁，又看他对她那样百般呵护，万般殷勤，早就有了撮合之意，总怪她思虑太多。现下他主动提出娶她，更是欢喜不已。她也不想叫陪伴自己多年的乳母失望伤心。

罢了，既然左右都无法拒绝，那便让感情做一次主，答应他吧。只是，她毕竟心有不安，问他是否告知家里，若是私自成亲，父母那边又该如何解决。他却只让她安心做好新娘子，其他的事情都交由他来处理。

新婚不久，他的父亲果然来了信。那天，他握着信，双手发抖，脸色苍白。她心知不好，却还是尽量平静地问他出了何事。他愣了半晌才说母亲染病，父亲来信，让他速速归家。又说事发突然，他明日就要动身，此次无法带她同行，请她原谅。

说这话时，他完全不敢直视她的双眼，甚至，下意识地，逃避她带着疑问的目光。

她不是傻子，况且信中的内容也并不难猜。只是到底没有追问下去，也没有要求看他的家书。当夜，他们仍像寻常夫妻那样同床而卧，不同的是，她一夜未眠，脑海里不断闪现的，全是他们即将分别的样子。

她一直等他开口说些什么，安慰也好，拥抱也罢，将情况据实以告，说他终究无法忤逆父亲，他们之间再无可能也好，总要说些什么，做些什么，来完成这最后的告别。

可是，什么都没有。第二天一早，他就这样静静地离开了，好像他只是出门办事，晚上还会回来一样。他大概以为她还睡着，想要这样悄悄地离去。却不知，她是那样清醒，清楚地听到了那熟悉的马蹄声。

只可惜啊，曾经，他骑着青骢马来到她的车前，问她可是钱塘苏小小；现如今，他亦乘着这匹马离开她，竟没有留下只言片语。

马蹄声渐远，她也不需要再假装熟睡。他其实并不是什么都没有留下，因为她发现了那封家书。那些他没有说出口的话，到底呈现在她的眼前。说到底，他并未完全说谎，他的父亲的确在信中告诉他母病速归，他只是隐瞒了原因。

　　事情与她猜测的并无二致，他终究没能处理好爱情与亲情的关系。他那样的家庭，也绝不会容忍他与一位风尘女子有密切的往来，更不用说，与她这样的人结为夫妻。他们私自成婚的消息传到了丞相府中，他的母亲气急攻心，一病不起；他的父亲则在信中毫不留情地责骂他，令他速速回家，与风尘女子断绝联系，如若不然，他便不再是宰相的公子。

　　他几乎没有多想，便在她和他的家庭之间选择了后者。她虽难过，可是细想来，也觉得他的选择其实无可厚非。人生在世，都是在不停地做着选择，想要拥有的东西太多，人人都想平衡，想兼得，但在必须做出选择时，又凭什么要求所有人都必须优先选择爱情？何况，信的那一头，是他的父母。

　　她愿意相信他们倾心相爱过，她也愿意相信他曾经真的幻想过凭一己之力解决一切困难，只不过，没有成功而已。

　　只是，他为什么不能将一切坦诚相告？一段感情，既然有一个美好的开始，那么结束时，是否也可以不用鲜血淋漓，不必拖泥带水，就这样开诚布公地，由两个人共同画上一个句号？

　　他们相爱过，可是，也许他们始终未曾真正了解过对方吧。

　　不久之后，她的乳母也离开了人世。她将乳母安葬了，又做回了那个乘着油壁车，与文人墨客交游往来的苏小小。这世间，即使只剩她孤身一人，只要活着，日子就得好好过下去，不可辜负了光阴。

不是没有人提出要纳她为妾的，那些人家境殷实，又不是什么真正的高门显贵，对于一个妾室的身份，倒也不太讲究。只是，当年她嫁给阮郁，本身就存着做妾室的心思，却连这也不够资格。如今的她，早就没有了当年的勇气。再说，她和阮郁好歹有过感情，这些人，对她又有几分真心？

她曾经热烈地爱过，即使没有白头到老也无怨无悔。现如今，如若没有爱情，又何苦为人妾室，关在一方小小的庭院中委屈自己？

她宁愿在西泠桥畔，见见想见的人，欣赏西湖的美景。至少，还有潇洒和自由。

三月缠绵过，彩笺寄相思·《春望词》
——（唐）薛涛

花开不同赏，花落不同悲。

欲问相思处，花开花落时。

揽草结同心，将以遗知音。

春愁正断绝，春鸟复哀吟。

风花日将老，佳期犹渺渺。

不结同心人，空结同心草。

那堪花满枝，翻作两相思。

玉箸垂朝镜，春风知不知。

她叫薛涛。

十四岁之前，她是官家小姐，是父母的掌上明珠。父亲因为得罪了权贵，不得不带着家人离开长安来到成都，不过仍然领着朝廷的俸禄，至少可保全家人衣食无愁。

十四岁那年，父亲因病身亡，只留下她和体弱多病的母亲相依为命。

母亲不是没想过给她找户好人家嫁了，也好有个依靠。可是，她的父亲本来就不是什么朝廷政要，家中财产并不丰厚。如今父亲又撒手人寰，母亲身体羸弱，又有多少人愿意与这样的人家结亲呢？

母亲靠变卖家产勉强维持着生活，一年之后也撒手人寰。十五岁那年，她成了无依无靠的孤女。

十六岁时，走投无路之下，她进入教坊，成了官妓。

下决心成为官妓那一天，她突然想起，八岁那年，她曾在父亲作诗时随口接了两句诗："枝迎南北鸟，叶送往来风"。

当时，父亲本来很高兴她小小年纪便有如此才华，却在仔细推敲之后忧虑起来，担忧她的命运会像这两句诗里写的那样，迎来送往，漂泊无定。

小小年纪的她对父亲的忧虑颇不以为然，她不过是将自己眼前所见之景随口吟出罢了，又怎会和自己一生的命运扯上关系？

况且，父亲那样宠爱她，又怎会忍心看着她孤苦无依？

那时的她，在父亲的庇佑下活得一派天真，实在不懂什么叫做世事无常。

如今想来，儿时随口吟诵的诗句，竟一语成谶。教坊司、官妓，可不就是"迎来送往"吗？

好在，她还有才华傍身。

八岁时，父亲因为她的才华而喜忧参半，而现在，这点舞文弄墨的本事几乎是她唯一的财富。她因诗才在教坊司中声名鹊起，也算是靠才华吃饭，终究与一般妓女不同，这是她仅存的骄傲了。

命运的转折发生在一场宴会上。

那天，她被要求精心打扮，去剑南节度使府中的宴会上助兴，为新上任的节度使接风。

她有些不解。官员轮调本是常事，这些年剑南节度使这个位子上也换了一波又一波人，为什么今天这回好像比往日更隆重？

细问之下，她才知道，新任节度使，叫韦皋。

传说中战功赫赫、能文能武又容貌不凡的将军，坊间甚至有人将他称为诸葛孔明转世。想来，是个不同凡响的人物。

她对这样的人物很是好奇，又隐隐觉得，这或许是个改变命运的机会。于是，打起十二分的精神，盛装出席。

她入府时，酒宴已经开始。场面果然比往日更热闹些，觥筹交错，光影交织。

她走入厅中，盈盈一拜，还未出声，便听得主位上的男子说："这位想必是蜀中才女薛涛？久仰大名，今日姗姗来迟，不如免去罚酒，罚才女即兴赋诗一首吧！"

她当然听出了这番言语里的调侃和试探，还有一丝若有若无的轻视。不过写诗这种事，对她来说实在是小菜一碟，于是思索片刻，便完成了作品。

她的作品被递到那人手中，之后又被席间其他官员传看，引起一片赞叹之声。不过，那些或真或假的赞美都与她无关，她只在意他的看法。

他既坐在首位，又气度不凡，定是韦皋无疑了。她如今虽只是低贱的官妓，却也不想让人看轻了自己的才华，更何况，他的确是手握大权又气质出众的男子，即使此刻他并未多言，只是嘴角含笑地坐在那里，她也觉得他是那样的与众不同。

她本是前来助兴的，这种场合不知道经历过多少次，偏偏这次，竟有些心不在焉起来。

酒宴快结束的时候，他依然没有对她多说什么。她有些失落，却又不得不准备离场。

却听他开口问道："你可愿留在我府上，帮我处理些文书？"

她当然是愿意的。不为别的，就为这个男人似乎从一首诗中看到了她的才华远不止做酒席歌舞间的陪衬，她还可以做更多的事情。

当然，也许，还有别的什么。她必须承认，他是个很容易让人心动的男子。

她从此便留在了韦皋的府中。他也如当初说的那样，让她处理一些无关紧要的案牍文书。只是，更多的工作，仍是之前的老本行：迎来送往，招待客人。只不过换了固定的地点，每一次，都跟在他身边。

她有些失望，也许，韦皋从未高看过她一分，只是觉得她比普通的教坊女子多了几分才气，留在身边，可以有多种用途罢了。可是他待她又确实与府上其他女子不同，多了些欣赏，多了些纵容，她偶尔发发脾气，做些出格的事情，他明明知道，却只是一笑而过，从不责备。

这样的纵容，又让她有些飘飘然。甚至，他曾在酒宴上许诺，要向皇上上奏，推荐她做校书郎。

那是个很小的官职，对她而言，却是可遇不可求的殊荣。她曾信以为真，以为他真的会那样做。却在几日后被告知，那不过是酒后戏言，不能作数。而且校书郎官职虽小，但也需要世家子弟担任，绝不是她这样的女子可以担当的。

呵，他总是这样，一次又一次给她希望，却一次又一次将希望打破，好像在用这种方式告诉她，她引以为傲的才华其实一钱不值。

她依然是韦皋身边的红人，却没有做成校书郎。不知从何时起，那些出入韦府的官员开始叫她"女校书"。这个名字对她来说，与其说是褒奖，不如说是笑话。

心灰意冷之时，她开始利用自己与韦皋的关系疯狂敛财。只要别人敢送，她一概不问，照单全收。也许，对她而言，只有钱财才是最可靠的。

她到底太过幼稚。这样肆无忌惮地收受贿赂，彻底惹恼了韦皋。这个男人一向对她很是纵容，却在忍无可忍的时候毫不客气，直接将她贬到边地做了营妓。

韦皋又一次用实际行动告诉她，她的才华其实并不是她骄傲的资本。边地的黄沙漫漫和士兵的粗蛮，彻底让她认清了自己的位置。她最终提笔写下《十离诗》：《犬离主》《马离厩》《竹离亭》《笔离手》《珠离掌》《镜离台》《鹦鹉离笼》《鱼离池》《鹰离鞲》。每一首，都透着卑微与绝望。

在冰冷的现实面前，骄傲如她，也不得不低头。这十首诗很快传到韦皋手里，结果不算太糟，很快，她又回到了成都。

　　几年之后，韦皋离世。她终于走出了节度使的府衙，拿出积蓄，来到浣花溪畔独居。

　　她曾经对那个被誉为"诸葛转世"的男子心动过，却差点死在了漫漫黄沙中。如今的她，本该再也不奢望爱情。一开始，她也的确这样做了。离开韦皋的她声名犹在，前往浣花溪拜访的文人名士也数不胜数。只是于她而言，都不过是逢场作戏罢了。

　　直到，她遇到比自己小十一岁的元稹。初见时，她四十二，元稹三十一。

　　她知道自己不该动情。可是，爱情就是这么奇怪的东西，遇见了，哪还顾得上"该不该"呢。

　　毕竟，能写出"曾经沧海难为水"的温柔男子，实在是太容易触发文人间的惺惺相惜了。

　　她知道，这个叫元稹的男子其实也不过是欣赏她的那点才华罢了，如同当年的韦皋一样，也是被宴席上的诗作所吸引。但是，他与韦皋又是那样不同。他手指修长，掌心温暖，指节间带着一层薄薄的茧，一看就是常年握笔所致，与她的手交握时，并不妨碍那种温软的触感。不像韦皋，他手上的茧是长年练武、战场厮杀的结果，坚硬、厚实，握起来总觉得粗粝。

　　他会帮她画眉，三两下便能描出时下最流行的样子，也会在约她泛舟游湖时准备她最喜欢的茶点，在品酒赏花时恰到好处地借着品评花卉的名义赞赏她的容貌和才情。

她渴望这样的温柔。与他在一起的时光里，浣花溪周围的一切仿佛都变得无比鲜活起来。原先总觉得池塘边的鸟儿总是唧啾不停，总是扰人清静，现下竟觉得她和元稹就像是终日徘徊在此处的两只鸟儿，双宿双栖，永不分离。

只可惜，元稹并不属于成都。他们只在一起度过了短短的三个月，他便张口同她道别了。

他辞行的时候，只是淡淡地说了句"我要走了"，好像不久之后他就会回来一样。她却清楚地知道，这一别，可能就是相见无期。

那又怎样呢？她只能微笑着送他离开，没有开口挽留，亦不知道凭什么挽留。

这三个月于她而言大约是此生难得的温情缱绻，于他而言，不过是漫漫人生路中的一道风景罢了。这样的风景在前方还会再有，没有必要总在一处停留。

好在，他离开之后，他们并没有立刻断了联系，山迢水远，唯有彩笺寄相思。

只是，日子悄无声息地过去，他的信却渐渐稀少，最后，终究杳无音信。她终究只是他生命中的过客罢了，爱情对她来说，到底太过奢侈。

　　后来啊，她离开了浣花溪，脱下美丽的衣裙，换上了一袭道袍。这一生兜兜转转，往后余生，她希望能过得安安静静、简简单单。

寂寞空如雪，无处寄相思·《菩萨蛮》

——（唐）韦庄

人人尽说江南好，游人只合江南老。

春水碧于天，画船听雨眠。

垆边人似月，皓腕凝霜雪。

未老莫还乡，还乡须断肠。

年少时，我们总以为美好的地方在远方。却不知，多少年后，我们也许会无法回头，只能站在远方低低地叹一句："而今才道当时错，心绪凄迷。"如果我们能用尽心力珍惜眼前，是否会少一分错过？今后回忆起来，是否也就少了一分凄迷的心境？

昨夜，又梦见她了。

梦中的她还是初见时的样子，桃花面，柳叶眉。面对他的时候，明明心中欢喜，却又有几分女儿家的娇羞，薄唇轻启，软语呢喃，对着他仿佛有说不完的话，却总在四目交接的那一刻，匆匆低下头去。要走的时候，她轻轻地拉了拉他的衣袖，终于鼓起勇气对上了他的眼睛，似乎还想说些什么来延长相聚的时间，却终究默默离去，缓缓走出了他的世界。

梦境是如此的真实，以至于醒来的时候，他有一瞬间的怔忪，以为自己又回到了多年前小红楼的那个夜晚，只不过这次，先离开的那个人变成了她。短暂的怔忪过后，又觉得无限悲凉。

他们初遇时，他还是客居长安屡试不第的失意举子，靠写诗填词换得几分才名，却想不通科考的金榜明明那样大，却为何总容不下"韦庄"二字。

她是个仰慕他才华的美丽女子，弹得一手好琵琶。她的美没有那么动人心魄，却始终温温婉婉，让人舒服，恰到好处地安抚了他考场失意的心。

小红楼里有留花翠幕，有红袖添香，虽然屡次无缘金榜题名，在长安的日子，倒也不至于太过寂寞。

然而，唐朝已经不是开元全盛时的唐朝，长安很快也不再是锦绣繁华的长安。

他没有等来再次参加科考的机会，却等来了黄巢起义的消息。科考无望，他最终决定离开长安，前往洛阳。小红楼里的日子，也终究，要结束了。

如果没有离别，那本该是个美好的夜晚。窗外月光皎洁，窗内香灯摇曳。她抱着琵琶，低眉信手，转轴拨弦。所有的一切都透着恰到好处的旖旎，除了他们写满离别惆怅的脸颊。

她并没有开口挽留或者要求什么，只是用手中的琵琶诉说着她的心事：从今夜起，小红楼的绿窗下，有她在等他。

彼时的他带着满心的惆怅看了看房中的陈设，脑海中忽然浮现出一句："红楼别夜堪惆怅，香灯半卷流苏帐。"

呵，"香灯半卷流苏帐"，读起来便让人浮想联翩，不知情的人想来大约更是颇为香艳。但若真是"春宵苦短"，"香灯"便该早早吹熄，帷帐也应及时放下。可眼下却是香灯长明，流苏半卷，说到底，皆因为一个"别"字。

多情自古伤离别。想要说些安慰的话，却又实在无从说起，只因山水迢迢，即便不怕分离，不怕等待，也怕相见无期。

这一次的旅程并不顺利，一路上的所见所闻，让他觉得小红楼里的那些日子，那些子夜清歌的时光，都只是一场极不真实的美梦，如今梦醒了，眼前所见只有"内库烧为锦绣灰，天街踏尽公卿骨"的满目疮痍。昔日繁华的东都洛阳也充斥着末世的衰飒气息，自己也在无望的辗转中缠绵病榻。

大病初愈后，他启程去了江南。江南，一直是一个温暖的词汇。前人总是在他们失意劳累时，忆江南，望江南，梦江南。似乎，江南是一个比家乡还要亲切的地方。渐渐地，江南便在很多人的记忆里达到了无可比拟的高度，吸引着每一个游子驻足。

回想这些年，他求食求仕，漂泊万里，到头来却一无所成。来到江南一带，全因中原烟尘又起，到此避祸。的确，这里佳人在旁美酒香，画船醉卧听雨眠，舒心惬意。也算是在自己的心里留下一个春天吧。众人皆劝他莫要还乡，他只好暂且打消了回去的念头。自己也不过一介凡夫俗子，实在没理由拒绝这样和安宁的温柔乡，况且想一想自己在长安、洛阳时记录下的种种惨状，便觉得不回去也罢，否则恐怕只能徒增伤感。只是，不回去就真的代表不想念吗？"江南好"是别人说的，"莫还乡"也是他人的劝诫之语。其实曾经的家乡未必不如今日的江南，现在有家不归，只是怕看到那满目疮痍，怕尝到那断肠滋味。偶尔午夜梦回时也会想起：若老年还乡，家，还在吗？她，还在吗？

江南虽好，却始终不是久恋之家。连他自己也没想到，当他再次踏上长安的土地时，黄巢起义已被镇压，大唐迎来了新的皇帝，他再次走入考场，并且终于在进士榜上找到了自己的名字。一切都仿佛有了新的开始，只是此时的他，已经年近花甲。于他而言，长安的新气象中总是带有物是人非的凄凉。流寓江南许多年，如今重归长安，即使终于考中进士，却再难体会到年轻时想象的"一日看尽长安花"的喜悦。小红楼早已无迹可寻，楼中的佳人更是芳踪难觅。

这一生，他与她，终究错过。

现如今，他竟又开始怀念起那段客居江南的时光来。江南那地方，连愁绪带着春天的欢乐。身在江南时，踏马而归，风姿年少，芳草妒春袍；乘船而去，江上舟摇，楼上帘招。那时候，是他一生中最美好的时光了吧。只可惜，当时只道是寻常。心里总还惦念着家乡，挂怀着红楼中绿窗下那个欲说还休的女子。可惜岁月无情，当年的缘分，如今早已消散在人海。年华老去的他，又忍不住回想那些属于江南的，洒脱任性的年少时光。

年轻的时候，不是不能安定，不是没有遇合，只是总觉得还有大把的好时光，走走看看又何妨？而现在，如果可以重来一次，他应该会选择在江南安定下来，然而，这世上有多少事情可以重来？

回想这一生光阴流转，春有几度。想当年，他曾不屑于别人口中的"江南好"，不想转眼间，自己便成了遥忆江南乐的人。他与江南，又是一次不再相逢。

世事往往就是这样难以琢磨，他费尽心力考中了唐朝的进士，却是在唐朝灭亡之后才真正走上了仕途。考中进士后，机缘巧合，他得到了西川节度使王建的赏识，终于在六十六岁时受邀入蜀。四年之后，朱温篡唐，盛世大唐的梦，终于彻底破灭了。很快，西川节度使王建自立称帝，建立前蜀，他竟一下子做到了宰相，前蜀的开国制度，皆出自他手。此时的他，已经年逾古稀。

他在一个残月如钩的夜里一醉方休。这酒里，是知遇之人的一片真情。家乡回不去，江南到不了，年少时的错过成了无法弥补的缺憾。倘若，如今的他再推辞主人的一番好意，是否又将错过什么？也许，当下能做的，就是喝下这杯酒，道一声珍重，珍重主人心。

多年的辗转漂泊，也许早就注定了他身老异乡的结局。命运有时总是让人意外，王建本是羁旅漂泊中偶然结识的朋友，不想兜兜转转竟成了帮他实现理想，供他栖身之所的恩人。

经历了这么多方才明白，不要说未来的事情，就是明天的事情，也难以把握。想起太白先生曾说过："但使主人能醉客，不知何处是他乡。"眼前精致的酒杯中盛满了美酒，他没有推辞，一饮而尽。希望这筵席再摆得久些，但愿这饱含深情的酒真的能使人沉醉片刻，暂且忘了故乡与他乡之别。"不如怜取眼前人"的道理说起来容易，听起来也易懂，可是等到真的明白时再回头看看，或许已是穷尽一生。

时光充满魔力，不经意间，红了樱桃，绿了芭蕉。转眼间，又是一年春天。江南春烟雨迷蒙，洛阳春繁花似锦。弹指流年，他又错过了多少次长安城与洛阳城中的柳絮纷飞？此时此刻，夕阳西下，正如他的人生，已是垂暮之年。如今的他，早已不愿再错过点点春光。抬眼望去，春水映桃花，鸳鸯水中游。只是余晖脉脉，落日斜阳，他终究不得魂归故乡。这样的好景色，徒留他一人，在夕阳下想念多年前为他手拂琵琶的温婉女子。只可惜，忆君君不知。

这一生，他寻寻觅觅，终得功成名就。只可惜终究错过江南，错过故乡，错过了小红楼中的那个她。现如今，独在异乡，满眼春风白事非。

如今的他身居高位，却也垂垂老矣，到底还是忘不了曾经的那些时光。真真应了那一句："老来多健忘，唯不忘相思。"年迈的他，时常会想起"洛阳城外花如雪"的美景，想念小红楼上深情款款的美人。可是相思这件事，很多时候都是欲寄无从寄，欲诉无处诉的。

欲寄彩笺兼尺素，山长水阔知何处？

国破情难弃，自尽了私仇·《菩萨蛮》
——（唐）李煜

花明月暗笼轻雾，今宵好向郎边去。

刬袜步香阶，手提金缕鞋。

画堂南畔见，一向偎人颤。

奴为出来难，教君恣意怜。

　　唐末的藩镇割据导致了五代十国分裂格局的出现，而南唐地处江南，物阜民丰，原是十国中较强盛的国家之一。公元937年，李从嘉便出生在南唐的国都，繁华的金陵，他是南唐中主李璟的第六子，开始了他传奇而又无奈的一生。

　　作为六皇子，他本应该与皇位无缘。即使他深得祖父和父亲的宠爱，即使总有人夸奖他天资聪颖，即使宫人常常议论他的出生与相貌：生于七夕，实属吉兆，骈齿，重瞳，更是大富大贵之相。可那又如何？他只是父皇的第六个儿子，虽然几位兄长早逝，但毕竟大哥健在，何况大哥的军政才能远胜于他，也已被立为太子。

　　这有什么不好呢？时局虽是乱世，南唐也不像建国之初那般鼎盛，却仍是较为富庶的江南政权，还算安稳。相比于每日忧国忧民处理政务，李煜更愿意做个闲散王爷，每日琴棋书画，赋诗填词。他本就向往这样的人生：一壶酒，一竿纶，遗世独立，自在潇洒。奈何做了只金丝雀，只好退而求其次，在有限的范围内乐得快活。

　　奈何世事难料，大哥被废，李煜稀里糊涂地被推上了那个看似金碧辉煌，实则如坐针毡的国主之位。这也许就是"天叫心愿与身违"吧。继位之后，他改名"李煜"。"煜"本有照耀之意，然而，这个光辉的名字，却无法照亮岌岌可危的南唐江山。

这分裂的乱世需要有人来统一，但重整山河的，注定不会是个诗人词客。

那个有能力一统天下的人，叫赵匡胤。即使李煜长在深宫之中，对他的故事也有几分了解。原本只是个武将，却凭借自己的本事发动兵变，黄袍加身，建立了新的政权，转眼之间便吞并了十国中的好几个国家。面对这样的强敌，朝中不是没有大臣劝他励精图治、积极备战。然而，他清楚地知道，这样的人，自己不是赵匡胤的对手。他知道爷爷定国号为"南唐"，是想重续盛世大唐的风光，然而，他这双赋诗填词的手，挑不起如此重担。

既不能战，便只能低头求和了。他只想用谦卑的态度换得南唐一时的安稳，但他的谦卑无法满足赵匡胤的野心，只会不断引起朝中主战派的不满。每日在国事里烦忧挣扎，还好身边不乏红袖添香。他十九岁时迎娶周家女儿娥皇，竟是惊鸿一瞥的一见钟情。娥皇多才多艺，善诗书，能绘画，弹琴歌舞，采戏弈棋，无不精妙。早年大婚时他还是悠哉王爷，没有这样多的国事烦忧，每日看着娥皇晨起梳妆，带着几分娇媚与慵懒，薄唇轻启，唱一曲清歌；或者手持父皇赏赐给她的烧槽琵琶，低眉信手，续续而弹，奏出一曲由她亲手修订的《霓裳羽衣曲》。

到了晚间，她又会多露出几分娇态，与他小酌几杯，又借着酒意微醺央求他为她跳舞。他有意刁难，要她新制一曲才肯答应。不想她竟真的援笔立成，写下《邀醉舞破》，一时间在金陵城广为流传。有时她亦会贪杯多饮，醉意朦胧间更卸下几分女儿家的矜持，一举一动又多了几分只属于情人间的轻佻……想想那时的日子啊，他是绮筵公子，她是绣幌佳人，好一个只羡鸳鸯不羡仙！

后来他做了南唐国主，她成了一国之后，不得不多摆出几分稳重端庄的架子。即使如此，她也一直是他身边最重要的"解语花"。然而，随着他们的孩子不幸病逝，娥皇缠绵病榻，一病不起。北方大宋步步紧逼，逼得他退无可退。过往的美好与现实的残酷形成了强烈的对比，李煜知道他必须找到情绪的出口。而李煜不知道的是，这个出口，是娥皇的妹妹。

初见时，她不过十五岁。青葱碧翠蓬勃摇曳的好年华，刹那间照亮了整个灰暗的宫廷。在她身上，仿佛不经意间就能看到当年的娥皇，轻易地，让他想起了很多美好的时光。缘分来得太意外，不是没有想过世人的议论，娥皇的伤心。然而又是情之所至，只能小心翼翼地藏着掖着。

那一晚，花香月暗，香雾空蒙。李煜站在画堂南畔的前廊下，看着她手提绣鞋，以袜贴地，一路小跑地赶过来，两颊微红，媚眼如丝。她看着李煜，只说了一句话："想要出来见你，竟是这样难！"接着，便是紧紧的拥抱，依偎。仿佛要将那诉不尽的相思意全都融进彼此指尖的力道里。

分别后，彻夜难眠，于是挥笔填了一阕《菩萨蛮》，以示纪念：明月暗笼轻雾，今宵好向郎边去。刬袜步香阶，手提金缕鞋。画堂南畔见，一向偎人颤。奴为出来难，教君恣意怜。

不知怎的，这词竟很快传出宫外，引得许多人议论纷纷甚至竞相模仿。不过那晚的他本就不是君王，不是国主，只是一位多情才子，与佳人偷偷幽会，自然不必事后端国主的架子。况且，才子佳人，本就是李煜心之所向，又何必遮掩。只是这样一来，宫外已经是人尽皆知，宫里自然是瞒不住的，他对妻妹动心不假，对娥皇的情却也是真的。只是，他到底伤了娥皇的心，本就病势沉重的娥皇，不久便先他而去。

面对娥皇的死，他哀伤难过，愧疚自责。但无论如何，南唐依然需要新的国后。立后的事一波三折，好在最终还是娶了她的妹妹，婚礼盛大，感情甚笃。小周后的才情虽不及娥皇，却也是兰心蕙质的女子。她亲手制作的鹅梨帐中香也如同当年娥皇作的曲子一般，在金陵城内引领一时风尚。只可惜好景不长，在他与小周后的耳鬓厮磨中，南唐的国势，越发艰难了。

该来的总是要来。其实他早已想到会有这么一日，大宋兵临城下，逼迫自己缴械投降。金陵已被围困多日，早已箭尽粮绝。江南鱼米之乡，竟沦落到不断有人饿死的境地。摆在他眼前的路只剩下一条：出城投降，甘做俘虏。其实，自他接手这南唐江山，又何时有过真正的尊严？不过做个不伦不类的"江南国主"，担负着千万百姓的生命安危，仰人鼻息，进退维谷。如今，不过是连那最后一点华丽的空壳也被人剥夺了去。

身在城中的最后一日，不免有些感慨。南唐建国近四十年，国土三千里，凤阁龙楼，奇花异草，山川锦绣。而这一切，终究要在他的手里断送了。

虽然早已做出选择，出城投降的那一刻，也不是没有悔恨的。赵匡胤恼他三番五次不肯受诏北上，封他做"违命侯"，连名字都是如此讽刺。看似依然爵位在身，实则不过是"阶下囚"的代称而已。倘使当年没有杀掉朝中的主战派，而是听从他们的劝谏，善加利用长江天堑做拼死一搏，即使失败，会不会也败得慷慨从容一些？

只可惜，历史从来没有如果，只有成王败寇。

公元978年七夕，是李煜的四十二岁生日。此时的他，来宋朝也有些年头了。在宋朝做俘虏的日子自然不比南唐的锦衣玉食，多好的闲情逸致也经不起反复消磨。经过这番变故，李煜也无心吟风弄月了。宋朝的皇帝似乎也在突然之间就换了人。其中因果李煜并不清楚，他只知道，新帝上台，日子越发难过。赵匡胤在位时，他虽出身武将靠兵变起家，却始终对读书人很是尊重。虽然常讥讽他作为文弱书生丝毫不懂治国理政，却十分肯定他的艺术才华，对他也没有太多为难。而新皇赵光义显然没有那么好的气度与兴致。

窗外一轮明月高悬，这月亮也照着昔日南唐的国土吧。只是于李煜而言，那些悠游富贵的往日时光，早已成了心上的一根刺，不堪回首，物是人非，千愁万绪，随水东流。

回首这些年，他享受过恩宠，富贵，繁华；也经历了无奈，挣扎，羞辱。其实，所有的幸与不幸，皆因为他生在皇家，并且阴差阳错地做了君王。在帝王权术的世界里，他从来不是英雄，只是弱者。

最终，他写下了那首比《菩萨蛮》流传更广的《虞美人》：春花秋月何时了？往事知多少。小楼昨夜又东风，故国不堪回首月明中。雕栏玉砌应犹在，只是朱颜改。问君能有几多愁？恰似一江春水向东流。到了这般田地，已经没什么不能说、不敢说的了。新词填罢，他交予歌妓缓缓演唱。正听着，门外有人传唤，赵光义怒他追思故国，赐牵机药自尽。这算是轮回吗？生于七夕，死于七夕。从生到死，恍如一梦。

是谁说过，一个让英雄无用武之地的时代不是好时代。李煜的一生，正如后人对他的评价："做个才子真绝代，可怜薄命做君王！"对他而言，群雄并起的五代十国，真不算是一个好时代。好在如今的他已然在中国的词史上屹立不倒，跨越了多少时空，最终也算是找到他的用武之地了。

一代女皇娇媚生，盔甲只为一人脱·《如意娘》

——（唐）武则天

看朱成碧思纷纷，憔悴支离为忆君。

不信比来长下泪，开箱验取石榴裙。

　　她是中国历史上第一个，也是唯一一个女皇，后人习惯称她为"武则天"。

　　其实，她确实姓"武"，但"则天"并不是她的名字，而是她驾崩后，她的儿子给她拟定的谥号中的两个字。

　　说起来，她这一生波澜壮阔，起起伏伏，有过很多种称号，每一个都与她在宫中的品阶与境遇有关。甚至她称帝之后还专门发明了"曌"字，取"日月当空"之意，将自己的名字改为"武曌"。连名字都带着一股唯我独尊的气势。

　　但是，即使刚强如她，也曾因为想念一个人而憔悴过，流泪过。

　　她的家世并不卑微。父亲是唐朝国公，母亲是隋朝旧臣的女儿。儿时，她也曾像大多数未出阁的姑娘一样，当窗理云鬓，对镜贴花黄。她从来都知道自己生得很美，也从来都懂得这样的美貌对于女子而言，是一笔可遇不可求的财富。

　　她曾听过母亲以玩笑的口吻与父亲商量等她到了出阁的年纪，该许给什么样的人家。母亲只求她一生衣食无忧平安顺遂便可，倒是父亲一直沉默着，没有说话。

　　十四岁那年，她奉诏入宫，成了唐太宗的才人。

　　入宫前夜，母亲握着她的手，只说一入宫门，天威难测，往后的日子是福是祸也只能靠她自己了。说完便泣不成声。

　　那时的她，太年轻，太骄傲，还不能理解母亲为何如此伤心。得知自己被选入宫的那一瞬间，她甚至是有些喜悦的。一来，她从未对自己身边的世家子弟动过心，也就省去了与心上人被迫分离的烦恼；二来，她早就听说过太宗的威名。他战功赫赫，文武双全，亲手创造了一个百姓安乐政治清明的时代。这样的英雄，今生能见一面已是荣幸，现在，她被选入宫中，成了后宫中的一分子。虽然只是众多佳丽中的一个，但这又有什么不好呢？

　　她看着悲伤难抑的母亲，拍着她的手安慰道："女儿得见天子，说不定正是我的福气呢，母亲何必如此伤心？"

　　母亲看着她骄傲的脸庞，渐渐收住了眼泪，却到底没有多少喜悦之情，只留下一声长长的叹息。

　　她带着无限的期待和隐隐的欢喜进入宫中，得见天颜。大唐的主宰，她的夫君，果然和她想象中的一样英明神武，贵气逼人。她想，他至少是不讨厌她的，甚至，可能还有那么一点点喜欢。自古英雄爱美人，他给她赐了新的名字，单名一个"媚"字。这不正是亲口夸她生得美吗？

　　她为这个新名字暗自欢喜了很久，却逐渐陷入了失望。显然，她的夫君并没有将她放在心上。是啊，后宫佳丽如云，各有千秋，谁不是娇艳欲滴的美人呢？何况他又是那样手握天下的王者，许是不会因为几分美貌就对女子另眼相待的。

然而，她实在不甘心将自己的青春年华默默埋葬在寂寂深宫里。她要等待机会，吸引他的目光。

很快，她便等到了一个机会。那日，太宗得了一匹千里良驹狮子骢，一时间来了兴致便邀请后宫众人一同观赏。可惜这匹马性子太烈，一时间竟连太宗都难以驯服。

她听见皇帝亲口下令，若有人降服此马，必有重赏。于是思忖片刻便自信满满地站了出来说出了自己的想法：先用铁鞭抽它，若不服就用铁锤砸，若还不服，就证明此马野性难驯，不能为天子所用，那便用匕首杀了它。

她其实不想要什么隆重的赏赐，只想让他注意到自己，想起这后宫之中还有一个自己赐名"武媚"的才人，她是那样与众不同，自信，勇敢，敢作敢为。

那天，她确实成了众人的焦点。太宗也自然注意到这个小小的才人，却没有留下只言片语，只在深深看了她一眼之后便转身离去了。

很久之后，她才意识到自己当时的想法太过天真。她的夫君一生戎马倥偬，战功赫赫，喜欢的却是长孙皇后那样端庄贤惠温柔如水的女子。她那时自以为的与众不同，在他眼里不过是狠辣决绝，不留余地罢了。

与她一同入宫又一同被封为才人的徐慧，先是被升为婕妤，后又被封为充容，在后宫的地位早已不可同日而语，而她却始终只是个小小的才人。

有了上次的教训，她在太宗面前总会提醒自己敛起锋芒，表现得温柔些、和顺些，甚至打听到太宗喜爱书法后，她便下定决心苦练书法，却无论怎么努力，都无法获得他的青睐。

眼看着大唐的天子一天天老去，她也曾想过自己这一生便要在深宫之中蹉跎了。却不想，真正属于她的爱情，其实和这个日渐衰老的帝王无关。

她与唐高宗李治的缘分，来得猝不及防。彼时，李世民缠绵病榻，她不过是轮流侍疾的妃嫔中的一个，却偏偏在病榻前遇见了当时作为太子前来探病的李治。

他们本不该相爱，他是当朝太子，而她是他父亲的妃嫔。纵然两人年纪相仿，在名分上却是两代人。即使放在寻常人家，这样的感情也是大逆不道的，何况，还是在等级森严、极重礼法的皇室。

可是，爱情这东西，来了就是来了，哪里管得了那么多呢。他们在太宗的病榻前相见，只是一个眼神，便已结下了缘分。

她自然知道自己的行为意味着什么。作为皇帝的妃嫔却爱上了当朝太子，简直是罪不可恕。但她并不想逃避这段感情。

十四岁入宫那年，她曾怀着少女的爱慕之心对病榻上的男子有过无限憧憬，却不想入宫十余年，除了得到一个御赐的"媚"字和一个"才人"的封号之外再无其他。她过了这么久冷寂无聊的日子，如今，又如何能拒绝这个温润如玉的少年太子含情脉脉的眼神？

其实，很早的时候，他便已听闻了这位武才人的事迹。

那时，关于她与狮子骢的故事在宫中传开，他无意中听到了宫人们的议论，许多人暗地里笑她区区一个才人，如此急于争宠，结果却聪明反被聪明误。他却觉得，这样的女子，也许天生就具有不一样的光华。

那日在宫中见到她，得知她便是当年那位与众不同的武才人，当下便觉得果然人如其名，担得起一个"媚"字。虽然病榻前的她眉眼之间和那些温柔和顺的后宫女子并无区别，但他还是能透过她柔情似水的双眸，看到多年前马场上那个果敢坚毅、决绝霸道的女子。

他的父皇看中他温和仁善，最终让他成为太子，又总担心他的性格不够强硬，将来无法坐稳大唐江山。

也许，人大概都是缺什么就千方百计补什么吧。李世民不喜欢狠辣决绝的女子，但美艳动人与果敢坚毅的结合，却足以让他的儿子怦然心动。

只是，作为皇室成员，他们之间再怎么情深似海，这段感情终究是不容于礼法的。

太宗在世时，他们只能将彼此的情意藏于心底。太宗驾崩后，她作为没有子嗣的先皇妃嫔，也不得不遵循礼法，来到感业寺削发为尼。这一年，她不过二十六岁。

感业寺的日子并不好过。每日除了吃斋诵经，还有必须完成的杂役差事。在这里，已经没有人将她们视为皇室成员，有的只是新来的、可以任意差遣的尼姑。

来到这里的几乎都是先前多年无宠的妃子，早就在日复一日的等待与失望中逐渐绝望。她却不同，她在快要绝望的时候等来了她的爱情，那个人如今已成了九五之尊，成了天下的主宰。他亲口许诺，一定会接她出去，给她最尊贵、最幸福的生活。

她的心中充满了对尘世的期待和渴望。却不想，这一等，就是几年的光阴。

她想，她的期待又一次落空了，一如多年以前她对先帝的期待一样。开始的时候，她总是日盼夜盼，每每失望时又总能找出无数理由安慰自己：他毕竟初登大位，政务繁忙，皇位不稳，自然无暇顾及儿女私情；他们的感情本就难容于世，他一定需要许多时间，多方斡旋……

　　只是，日子一天天过去，她的心也渐渐冷了下来。后来，她甚至偶然听来感业寺上香的皇室贵族说起皇上近来很是宠爱萧淑妃……

　　她不知道萧淑妃是谁，也不知道他是否真的忘记了当初的承诺，甚至不知道自己还能不能走出感业寺。她唯一能做的，似乎就是在诗中倾诉自己的感情。

　　她在日复一日的渴盼中日渐憔悴，神思恍惚，可她却无法确定自己期盼的那个人，是否还记得自己。

　　后来，李治为祭奠太宗到感业寺进香。故人重逢，如今已是天下至尊的他抱着眼前身着道袍的女子流下泪来。

　　他的泪水重新点燃了她的希望。果然，她最终得以重回宫廷。只是，重入宫廷的那一刻，她才知道，这并不仅仅是因为他们之间的爱情。萧淑妃的确圣眷正隆，而备受冷落的王皇后，需要一枚与其争斗的棋子。

　　这是王皇后交给她的使命，也是她能够重回宫廷的重要原因之一。

　　这些年的经历一次又一次告诉她，爱情固然美好，可是深宫之中，仅有爱情是远远不够的。一个人自身有多少价值，手中握有多少权柄，往往比拥有多少爱情更加可靠。

　　她出色地完成了王皇后交给她的任务，并成功地将她赶下皇后的位子，自己坐了上去。

对于一般女子而言，这已是最高的荣耀，可她从来就不是一般女子。

后来，李治身体衰弱。她借机走入朝堂，参与朝政，开创了"二圣临朝"的局面，和李治共享权柄。走到这一步，她是感谢身边这个男子的。他虽然没有做到"弱水三千，只取一瓢饮"，也曾经动过要将她从后位上赶下来的念头，却终究愿意与她共享天下。这大约，也是他能给她的最后的荣宠与保护。

李治驾崩后的第七年，她废黜皇帝李显，正式登基为帝，成为独一无二的女皇。

她终于成了至高无上的帝王，却也曾经，是个会为了爱情憔悴流泪的美丽女子。

"还将旧时意，怜取眼前人"·《题都城南庄》

——（唐）崔护

去年今日此门中，人面桃花相映红；

人面不知何处去，桃花依旧笑春风。

　　如果不是因为后人钟爱大团圆的结局，这首诗讲述的，应该是个悲伤的故事。而诗人崔护，也因这首诗的存在，至今仍被津津乐道。

　　他和她相逢于那年春天。

　　彼时，他还是在长安应考的举子，她是长安城郊普通农户的女儿。

　　他本不是乐于交游的性子，来到长安，也只为金榜题名，好给自己、给家族一个交代。

　　她也不是活泼好动的女儿，母亲早逝，多年来一直与父亲相依为命，父亲虽待她亲厚，有些女儿家的心事也终究不好向父亲开口，一来二去，早已习惯了将心事藏在心里，默默消化。

　　转眼间，她已是娉婷少女，面对这暖意融融的无限春光，总觉得有些寂寞，又有些说不清道不明的期待，她总劝自己多做些活儿，莫要多想。可日子久了，总会生出几分莫名其妙的心绪来，搅得她颇不宁静。连她自己都不知是怎么回事，更不敢叫父亲知道。她只希望这恼人的春天快些过去，可是每当她感受到温暖的春日、和煦的微风，看到家门前的桃花开得那样明艳动人，又不禁希望这春天走得慢一些，再慢一些。

　　怀着这样的心情，她看着家门前的桃花从含苞待放到开始凋零，她想，桃花都要谢了啊，如此难得而又恼人的春天，就要这样悄无声息地过去了。父亲身体康健，家中衣食无忧，一切都安安稳稳，却又少了些惊喜。

不久后，父亲出门会友，留她一人在家。父亲临行前，千叮万嘱，让她千万小心，守好家门。她只觉得父亲多虑，她早已不是幼稚小儿，也并非首次独自在家。只是父亲这次出门的时间略久一些，竟生出这样多的叮咛来，生怕她出了什么意外似的。生活无非就是日子叠着日子，哪里会有那么多意外呢？

她没有想到的是，有些人和事，就是那样的猝不及防。

那日，她独自在家，听见有人轻叩门环。声音并不急促，反而十分沉稳，一下一下地传入她耳中，又仿佛通过她的耳朵传至她的心里，催促着她前去开门。

她似乎突然忘了父亲临行前的嘱托，就这样大着胆子，打开了家门。

门外站着一位陌生男子，想到父亲此时并不在家中，她有些心惊。当她看向他时，分明也在他的眼中看到了惊讶。她暗自恼恨，怎么就忘了父亲的叮嘱呢，此人如此面生，应该不是附近的村民，不知所为何事？不过看他的相貌打扮，倒也不似歹人……

正这样想着，对面的男子已然主动开口："在下博陵崔护，进京科考，暂居此地。今日游春至此口渴不已，可否向姑娘讨碗水喝？"

　　他的声音如此诚恳，语调不疾不徐，和他方才的叩门声一样，实在令她无法拒绝。

　　她原本只需要说"稍等"，进屋端一碗水出来递给他喝便好。然而话到嘴边，竟变成了"请进"。

　　这脱口而出的两个字，让她又一次狠狠责怪起自己来：父亲不在家，怎么就那么轻易地让一个陌生男子进门呢？虽然他不是歹人，但这般行动，也太大胆了些，实在有失女子的矜持。

　　罢了，只是让他进了小院，他又是来赶考的，文质彬彬，读书识礼，想来也不会有过分的举动。再说，平日里父亲对路过的读书人一向敬重，周到一些想必也没什么错。她这样想着，便又觉得自己今日这番行为倒也情有可原，径自走入厨房取水去了。

　　此时的他站在小院中，回味着方才的相遇。他一直对游春无甚兴趣，今日出门也实在是读书疲累，无心坚持，想着出来逛逛，放松心情，并不想在郊外逗留良久，也不曾呼朋引伴。大约是真的在书斋中待了久了吧，难得出游，便不知不觉走得远了些。

　　行至此地，才发现在这桃花掩映处竟还有户人家，颇有几分陶渊明笔下世外桃源的味道，便觉得这一趟倒也不虚此行。想着此处离住所并不很近，便决定试着叩门，向这户人家讨口水喝，稍作歇息。没想到在房门打开的那一刻，他才真正体会到了什么叫"莫负春光"。

他永远也不会忘记初见她的那一刹那，他的心情是怎样的悸动，那是之前从未有过的感觉，弄得他一时之间不知说些什么，过了半晌，才逐渐恢复理智，用看似平稳的语气自报家门，说明来意。

其实，他是有些害怕的，怕她觉得他看了她那样久，简直是失礼唐突，轻浮孟浪，二话不说就会关上院门不再管他。他再也没有勇气叩开这个门第二次。

他万万没想到，她会说"请进"。此时的他，站在这农家小院中，觉得方才的一切似乎都有些不大真实。

不过，她走出厨房，将水递给他，对他说"公子久等"。他们离得这样近，让他无比确信这一切都是真实的。久等？不，他一点也不觉得久，他巴不得时间过得再慢一些。

一碗水总有喝完的时候，当他将碗递给她时，忽然发觉她的发饰好像特别整理过，原先鬓边散乱的几缕发丝被一丝不苟地梳拢起来，清丽之中更显出几分贞静来，恰如门外掩映的桃花。

他有意停留，询问她是否可以休息片刻，她自然而然地说了句"公子请便"，语气里却透着欢喜。他不知该开口说些什么，生怕惊扰了佳人。在片刻的休息中，他与她之间，总是静默。

天色渐晚。他不好再做停留，只得起身道谢，然后告辞。纵使他心中有万语千言，此时，又能说些什么呢？

　　站在小院外，他望着已经关闭的柴门，看着这屋外将落未落的桃花，心中欣喜又惆怅。片刻的交往中，他能感觉得到，此处佳人对自己并非无情，只是，现下他只是个前途未卜功名未就的举子，又有什么资格谈论未来呢？

　　而另一边，关上院门的她，则望着他用过的那只碗，久久出神。看着他走出小院，她心中涌出阵阵失落。她仿佛知道前些日子她那些隐隐的期待，莫名的思绪究竟是什么了。原来，她早已有心，要等着这样的他出现啊。怎么恰好是今天呢？她一点准备都没有，相反，因为觉得家中无人，一切都变得愈发随意起来。头发只是随意梳起，只求不妨碍做事，衣裳也是多年前的旧衫，半点也不鲜亮。还好她趁着取水的工夫迅速整理了一下仪容，才不至于在他面前太过丢脸。想要去换件衣裙，却又怕他久等，又怕他觉得她太过刻意。还有，刚刚他在院中休息时，她第一次讨厌自己这寡言少语的个性，竟不知道该说些什么……思绪万千中，她突然想起，他并不是本地人，只是来考取功名的书生，今日会来到这个小院，更是偶然路过。

　　不知道他是否会考取功名，若他考中了，是否会来到长安做官？就算来了，他还能记得这方小院吗？

　　这样想着，她又觉得她的期待并没有实现，而是永远永远地落空了。

　　这一年，他意外落第。短暂的失落之后，他决定重整旗鼓，来年再战。

　　这一年，她越发心事重重，无事时总喜欢倚在门边眺望。

　　又是一年春。长安城中赶考的举子又多了起来。这次，她特地留心了过往的行人，同样有很多进京赶考的举子前来游春，同样有人因为小院门前的桃花而驻足玩赏，甚至同样有书生敲开门来讨一碗水喝。如此相似的情景，只是，这些来来往往的人中，始终没有她想的那个人。

　　其实，他也来到了长安，住在了去年的客舍。又是桃花纷飞的时节，他当然记得去年的桃花、小院，以及院中的她。只是，他不知自己是否应该再次拜访。科考在即，如此分心已是不妥，就算寻着了她，她是否还记得去年那个讨水喝的书生呢？又或者，她已嫁人，梳起了妇人的发髻，这次来开门的是她的夫婿……

　　他想了很多，似乎理智总在劝他不要去寻。但理智总敌不过心中期许，他终究再次来到了那个小院，大不了再做一次路过的书生，向主人家讨碗水喝吧，眼前桃花依旧，屋舍依旧。他亦如去年一样，轻轻地叩门，将准备好的说辞在心中默念了许多遍。只是，无论他怎样叩门，小院的门始终紧闭，无人应答。

他倚在门外，直到夕阳西下，依然不见她的身影，也不见其他人归来。暮色四合，他只能先行离开。临去时，他在小院的柴门上写下了著名的《题都城南庄》。他想，如果有缘，她自能看到这首诗，兴许能够想起他来；若是无缘，至少让这扇门见证他再次来过。

从诗中看，这个故事到此似乎就结束了。后续如何，并无交代。唯一可以查证的是，崔护于贞元十二年进士及第，后来担任过京兆尹、御史大夫等职，仕途顺遂。至于那位女子的命运，史书中未见记载。只是在历代小说家、戏剧家笔下，那女子归家后看见崔护所题的诗，终摆不脱相思成疾、抑郁而终的命运。不过由于崔护执着，三访小院，见到了爱人的尸体，在爱情的力量下，她竟起死回生，与崔护结为连理。

这样的结局当然美好，但太不现实。如果这是一个真实的故事，我更愿意那个姑娘即使看到了这首诗，也能在深深的怅然之后，收拾好心情，在遇到合适的男子时嫁人生子，平安顺遂地过完一生。

现实生活中没有起死回生，对于已经错过的人和事，也许，我们更应该做的便是"还将旧时意，怜取眼前人"。毕竟，如果让历史上的崔护来选，比起爱人冰凉的尸体，他应该也更希望自己曾经爱过的姑娘，在往后余生中，被温柔以待吧。

才女入偏房遭屈辱，换身份堕落入大狱·《赠李亿员外》

——（唐）鱼玄机

羞日遮罗袖，愁春懒起妆。

易求无价宝，难得有心郎。

枕上潜垂泪，花间暗断肠。

自能窥宋玉，何必恨王昌？

　　她是唐代著名的女诗人，也是当时很多人眼中不知检点的"娼女"。

　　其实，身为女子，谁不想拥有"一生一世一双人"的爱情？

　　只可惜，这世间从来都是：易求无价宝，难得有心郎。

　　最初的最初，她的名字叫"鱼幼薇"。

　　她的父亲是一位饱读诗书但没有功名的读书人，家境虽然清贫，日子倒也能过。

　　父亲并未因为她是女儿家就忽略对她的关爱与教育，相反，因为自己是读书人的缘故，得空时，也会教鱼幼薇读书写字，画画写诗。

　　所幸鱼幼薇天资聪慧，资质极佳，五岁时便诵诗百篇，七岁时便写出了自己的作品，十一岁时便已是小有名气的"才女"了。

　　这样的女子，若生在富贵人家，一定会长成唐朝的李清照，年少时被父母捧在手心无忧无虑地长大，到了谈婚论嫁的年纪，便嫁给自己心仪的贵公子。不论婚后的日子是否顺风顺水，总会度过一段简单快乐的美好时光。

　　鱼幼薇却没有这样好的运气，她家中本就清贫，还未等她长到谈婚论嫁的年纪，她的父亲又因病去世了。

　　父亲的死，对原本就不富裕的家庭而言无疑更是雪上加霜。

　　此后，她便与母亲相依为命，住在长安城破旧的小屋中，靠替人洗衣服和做针线活维持生计。

　　好在，她的诗才并没有因为生活困顿而消磨，十三岁时，她遇到了亦师亦友的温庭筠。

　　传说，温庭筠听闻鱼幼薇颇有诗才，便特地去她家中拜访，路上看见江边杨柳依依，便灵机一动，见到鱼幼薇后便让她以江边垂柳为主题写一首诗。

　　十三岁的鱼幼薇果然没有让他失望，一首《赋得江边柳》，令温庭筠大为激赏。

　　二人也就此结下了师生情谊。

　　那时，温庭筠已是声名赫赫的诗人，指导一个十三岁的孩子自然不在话下。

　　他不仅教鱼幼薇写诗作文，还和她分享他在为官途中的所见所闻，让她的世界变得开阔起来，不再局限于家门口的一亩三分地。除此之外，他又力所能及地改善她的生活条件，让她的日子逐渐鲜活，不再捉襟见肘。

　　她父亲早逝，在情窦初开的年纪遇到这样文采飞扬又温柔体贴的男子，很容易便动了情。

　　那时的她年纪太小，很多事情还处于懵懂状态，更不会揣度男子的心意。更何况，这个人名义上还是她的老师。

她只能默默地守着自己心中的秘密，每天期盼着他的到来。有时候，她希望日子能够过得快一些，再快一些，好让她长到足以向他表明心迹的时候。

后来，温庭筠接到调令，要去外地做官。即使心中有千般不舍，她还是与他分别了。

离别的那些日子里，她渐渐长大，与温庭筠的书信往来也一直没有断过。周围的很多事物都在不经意间变了样子，唯独她对他的心意，不但没有因为岁月的流逝而改变，反而随着她的成长而越发清晰。

渐渐地，她在写给他的信中不再称他为老师，而是叫他"飞卿"。飞卿，是温庭筠的字。她给他写了一首又一首诗《寄飞卿》《冬夜寄温飞卿》……

古人称字，是同辈间的礼仪。而她和温庭筠之间，相差了三十多岁，从年纪上看，这样显然是不合适的。

或许，这便是少女表白心意试探情郎的方式，用这样的称呼写下一首首诗，不过是想要得到一个回应罢了。

可是，他的信倒是按时寄来，信中所言，却始终是老师的口吻，从无半点逾矩。

她相信以他的才情，定然已然明了她对他不同于师生之情的爱恋，就像她也知道，他其实已经表明了自己的态度——他们可以是师生，可以是朋友，却不可能成为恋人，更不可能成为夫妻。

鱼幼薇十七岁时，温庭筠回到长安。此时的她，已经完全成长为娉婷少女，重逢的那一刻，她的心中更是涌出一阵无法言说的欣喜。但爱情需要的从来都是双向的奔赴。

私以为，温庭筠未必没有对这个年轻的姑娘动过心，只是他的年纪到底长她太多，她又是他亲手教导的学生，大约那种如兄如父的感情到底超过了男女之情，作为长辈，他总是希望这个女孩与一位年龄相仿的少年公子白头偕老，至少，她的夫君不应该是一个年近半百相貌丑陋的老头子。

后来，温庭筠真的为鱼幼薇的终身大事操起心来。在他的介绍下，鱼幼薇认识了当时的新科进士李亿。

最开始，李亿便被她的诗才折服，请求温庭筠帮忙引荐。见到真人后，李亿对她更是赞不绝口，当下便有意让温庭筠出面说媒。

她对这个容貌俊朗、谈吐斯文的新科进士倒也并不讨厌，加上又是老师温庭筠介绍的男子，便更少了些戒备，多了些亲近。一来二去，和李亿的交往便多了起来。

后来，她的老师果然登门问她觉得李亿此人如何，她心知这是有意来为李亿说媒的，干脆将话挑明，答应了这门亲事。

倒是前来说媒的温庭筠看她答应得如此爽快，心中不免有些吃惊。半晌才犹豫着对她说："只是，他毕竟已有妻子，你若嫁他，到底只能屈居妾室……"

闻言，她只觉得有些好笑。若真是怕她委屈，就不该向她张这个口，既然有心说媒，又何必在她答应之后犹犹豫豫。况且，当初她一次又一次地表明心思，他明明知道，却选择视而不见，今日她选择另嫁他人，也是情理之中的事情。至于做妻做妾，那都是她自己的选择，与他人无关了。

鱼幼薇最终嫁给李亿，做了他的妾室。而这段婚姻，也是她悲剧命运的开始。

她知道李亿其实早已娶妻，但她不知道的是，李亿的正妻家中颇有势力，且绝不允许自己的丈夫纳妾的。李亿一边需要仰仗岳父家的势力加快升迁的步伐，一边又无法忍受妻子的专断蛮横，却又不敢正大光明地提出纳妾的要求。如今的这场婚礼，完全就是背着妻子先斩后奏。如今，她虽然与他成婚，却连踏入家门的资格也没有，只能先住在李亿偷偷置办的宅院中。

无论如何，李亿总是对她百般温存。新婚之后，他们也算过了一段恩爱甜蜜的日子。虽然她也会担心他的正妻未必能接受自己，却总是在李亿的再三保证和甜言蜜语中安下心来：无论如何，他总是她的夫君，他会保护她的。

世上没有不透风的墙。不久之后，李亿的妻子便知道了她的存在。

那一天，她遭受了前所未有的羞辱。

他的妻子带着家丁和丫鬟蛮横地闯入她的家中，将她按倒在地，破口大骂。他的妻子骂她是娼妇，专会勾引男人，注定不得好死……

这些事情发生时，昨日还与她深情款款的男人就站在角落里，低着头，一声不吭。

第二日，她便被赶出了宅子。李亿偷偷将她安顿在一座道观里，见到他时，她心中虽有怨怒，却终究庆幸他没有彻底弃她于不顾。但当她问起接下来她该如何，又要在道观中寄居多久时，回答她的只有他躲闪的眼神和闪烁其词的话语。

她望着李亿匆匆离去的背影，心中一片凄凉。她最终走进了身后的道观，从此以后，改名为"鱼玄机"。

道观的日子清冷孤寂，对于年轻女孩来说并不好过。此时的她虽然对李亿充满愤怒和失望，但到底曾经的海誓山盟言犹在耳，她的失望还没有变成绝望。

她在道观中写下一首又一首诗，与之前不同的是，这一次，她的诗是写给子安的。"子安"便是李亿的字。

与多年前写给温庭筠的诗一样，她在心中默默地等待着子安的回信，日盼夜盼，却始终杳无音信。

直到几年以后，她偶然听来道观祈福的人说起，那个她日夜盼望的李子安，早就带着家小离开长安，到外地做官去了。

这样的结果，彻底打碎了她对爱情残存的最后一丝希望和幻想。好在，这些年道观中的人死的死逃的逃，现如今，她已经成了这座道观的主人。她开始收留周边贫苦人家的女孩儿做婢女，让人公然在道观门口立下一块牌子："鱼玄机诗文候教"。

从此，便开始以交流诗文的名义在各路达官贵人与文人骚客之间周旋。当然，前来"讨教诗文"的那些人不可能各个都只冲着吟风弄月而来，逢场作戏，露水姻缘，风流韵事……桩桩件件，都在长安城的大街小巷中不胫而走。

至此，天资聪颖的才女鱼幼薇，正式变成了那个饱受非议，被许多文人批为"娼妇"的女道士鱼玄机。

不过，那又有什么要紧呢？对此时的鱼玄机而言，除了她自己的心情，已经再没有任何人任何事是值得她真正在意的了。别人的评价与她何干？与有情人做快乐事，及时行乐，莫负春光才是正理。

这样放荡不羁的鱼玄机，最终因杀人罪被处斩。据说，她怀疑自己的婢女绿翘在她出门期间与她的情人有染，愤怒之下失手杀人。也有人怀疑，所谓"杀死婢女"从头到尾便是一群伪君子制造的冤狱。

　　历史的真相早已无法考证，若有来生，但愿那个叫鱼幼薇的女子依然能够选择相信爱情，只是这一次，希望她不再所嫁非人。

叹有情难相爱，相看泪眼无奈·《赠去婢》

——（唐）崔郊

公子王孙逐后尘，绿珠垂泪滴罗巾。

侯门一入深如海，从此萧郎是路人。

在众星璀璨的唐代文学史中，崔郊也许连个无名小卒都算不上。

关于他的生平记载更是少得可怜，只知是唐代元和年间人。

而一句"侯门一入深如海，从此萧郎是路人"，独独流传至今。

大约，是因为短短十四个字道尽了与相爱之人有缘无分的悲哀吧。

那年初见时，他是上京赶考，寄住在姑妈家的秀才，她是姑妈安排照顾他生活起居的婢女。

他们就这样不期而遇。

起初，他们之间倒也没有多少缠绵的情思。他一心读书，想着金榜题名高中进士，她作为婢女，每天也有做不完的活计。有时候，不仅需要照顾他的生活，还会被叫到别处去帮忙做事。

没想到，爱情就在这看似忙碌的生活中悄悄来临了。

他读书虽忙，却也有忙里偷闲的时候。每当他从书海中抬头想要休息片刻时，总能看到她忙碌而欢快的身影。

与他相比，她作为婢女好像很少有真正闲暇的时光，洗衣洒扫，端茶递水。桩桩件件，看似简单，却十分繁杂。与读书相比，书是可以常读常新的，而她每日所做之事，在他眼中始终都是日复一日的简单重复，终究有些无聊。

她却好像并不这样想。每每注意看她，总会发现她似乎全无抱怨之意，也不像许多人那样面无表情机械地做完该做的事情，无论做什么，她总是面带笑容。别人总喜欢喊她帮忙，一看就是自己想要躲清闲，即便如此她也不会拒绝，总会脆生生地答应一句："就来了！"

她手脚麻利，身姿轻盈，每日里跑来跑去，也从未听她抱怨辛苦。

他渐渐对这个婢女有些上心，看她日日不得闲竟觉得有些心疼。便想办法让姑妈知晓府上有婢女干活偷懒，让姑母稍作惩戒。一来二去的，院里偷懒的人少了，她也只需做完自己分内的事情便好。

做这些事时，他并没有想要什么回报。她却好像知道什么似的，对他也越发上心起来。有时候，他刚唤出她的名字，她便好像他肚里的蛔虫一样，立刻心领神会，恰到好处地完成他尚未说出口的要求。

这样的默契让他惊讶，更让他欣喜。

渐渐地，他越来越想时刻看到她。如果说，之前他看她纯属无心之举，那么不知从何时开始，这种无心逐渐变成了有意。他当然知道科考的重要性，可书还是读着读着就走了神，忍不住抬头去寻找她的身影。如若她在做事，他便会对着她忙碌的背影莞尔一笑；如若她碰巧得闲，他常常会与她的目光相撞，这时候，他总会觉得脸上一热，慌忙将眼神瞥向别处，心中却是忍不住的欣喜：原来，她也会偷偷看着他啊。

他必须承认，她的眼睛最是好看，目如秋水，楚楚动人，每每看到她的双眸，总是让人心中欢喜。也许是因为，那双眼睛里也有一个他的缘故吧。

她又何尝不为这样的翩翩公子心动呢？她在此处做婢女数年，知道主人家以经商为业，在他来之前，这方小院中从来没有响起过这样好听的读书声。替他洗衣时，她总能闻到他的衣衫上有淡淡的香气，她也曾经是读书人家的女儿，也曾读书识字，只是后来家道中落才做了婢女，自然知道，那是读书人身上的书墨气息。

她喜欢他的读书声，他的书香气，还有他温和的眉眼。

只是，她是即将科考的举子，她总想着，日后他定会金榜题名前途无量，迟早会离开此处，到时候自然有名门闺秀与他相配，她只是个普通婢女，又哪敢奢望什么呢？

阳春三月，桃花盛开。他本想在科考之后再同她表明心迹，却在这样的春光里按捺不住心中的情意，终于握起了她的手。

她本想过拒绝，却终究没有敌过自己的心意。爱情就是这样来势汹汹，无法抵挡。

眼看科考在即，他向她许诺，高中之后，一定回来，三媒六聘，娶她为妻。

却没想到，他们终究是情深缘浅。

等他科考结束后迫不及待地赶回姑妈家想要与她相见时，才得知，她早已被卖给了权贵余顿。

他这才知道，姑父经商时意外破产，姑母家中早已捉襟见肘。只是碍于他即将科考，这才一直隐瞒了消息。现下，他科考结束，姑母早已将家中的婢女尽数卖了，好维持基本的生活。

他的心上人，自然也逃不了被发卖的命运。据姑妈说，那余顿显然是对她有意，竟愿给钱四十一万，想必是要买回去纳为小妾。虽是被卖，保不准却是因祸得福，就此成了富贵人家的小夫人，也算是麻雀攀上了高枝，一下变成了金凤凰。

四十一万，权贵余顿。

他自知没有立场去指责姑妈什么，听到姑妈的一番言语，他甚至也觉得，若她真的嫁给余顿，哪怕是为人妾室，日子也一定比跟着自己这个穷书生过得富足。

他甚至安慰自己，既然木已成舟，此生注定和她无缘，不如就此别过。毕竟天涯何处无芳草，前路如何，又有谁知道呢？

然而，在那之后的多少个夜里，他辗转难眠。即使好不容易睡着，梦里也全是她的身影，她的笑容。在梦里，她明明面带笑容地喊着他的名字，脸上却尽是泪水，明明已经向他伸出了手，他却无论如何也握不住……

他终于控制不住心中的思念，终日在余顿府邸门外徘徊。原因无他，只是想在她出门时能够见她一面，哪怕只是藏在角落里偷偷看她一眼，他便觉得心满意足。

可是，他在余顿府门外徘徊多日，却始终没有看到过她的身影。是啊，这样的高墙大院，他作为贫寒书生无法进入，她作为府中女眷，又如何能够轻易出来？

这样想着，他不禁心灰意冷。又忍不住胡思乱想起来，担心她是不是生了重病，或是出了意外，又觉得她可能什么事都没有，在府中穿着绫罗绸缎过着锦衣玉食的生活。这样的想法明显让他轻松了许多，可是想到她可能很快就在这种金尊玉贵的日子里忘记了自己，顿时又悲又怒，千般滋味，无法言说。

在日复一日的等待与煎熬中，他终于如愿见到了她。

那日，是寒食节。余府上下男女老少鱼贯而出，她自然也在其中。有一瞬间，他们离得那样近，却又那样远。他明明想要开口唤她回头，曾经在口中、在心里唤过千百回的名字，此刻却无论如何也叫不出口。询问之下，他才知道这是余府多年来的习惯，寒食节这天，全府上下都会到郊外踏春游玩。

即使明知他们此生再无可能，他还是控制不住自己的脚步，跟去了郊外。罢了，就当是最后一次吧。好好地看一看她，将她的样子刻在心里。虽然刚才已经见过一面，但他甚至来不及看清她的面容。就此离去，实在是难解他多日的相思与煎熬，也对不住自己这些时日在这高墙大院外的日日苦守。

也许，再多看她几眼，确定她现下过得安稳富足，亲眼见证她如今的日子一定比跟着他这样的穷苦书生安乐百倍，他也就可以从此死心，离开这个伤心之地开始新的生活了。

他果然在郊外找到了她的身影，却不知心中到底是个什么滋味。

她的确过得很好，却又仿佛，没有那么好。

她身着锦绣华服，脸上也化着精致的妆容，一眼看去，竟散发着一种高贵不可侵犯的气质。这种气质与她之前在姑妈家里做婢女的时候截然不同。那是的她，粗布麻衣，不施粉黛，完全是一种邻家女孩的样子。可是，如今的她，脸上已经没有了当初的笑容。从前她的脸上总是带着笑意，即使不笑的时候，看着她也能感受到一种轻快愉悦的心情。如今，穿着这样美丽的衣服，眼前又是花开遍地绿草如茵的景象，她却只是坐在那里，看着那些花儿发呆。偶尔有别的女眷过来与她搭话，她也好像只是草草应付几句，始终是郁郁寡欢的模样。

他将这一切看在眼里。一边担心她是否身体不适，又或是在大户人家受了什么委屈，这样下去终究不是长久之计。可他又想到，她这样怏怏不乐，也许正是因为没有忘记他这个一文不名的书生，他们虽然相隔千里，却始终惦念彼此，因思念对方而憔悴，又觉得心中安慰。

只是，日子终究是要向前看的。事到如今，他们之间已再无可能。他只盼她往后的日子能平安顺遂，衣食无忧，心无挂碍地过完这一生，并不想让她陷在往日的回忆中伤神自苦。

他只能怀着思念、无奈却又不得不劝自己也劝心爱的女子放下这段过去的心情写下一首《赠去婢》，告诉自己，也告诉她，既然已经入了侯门，从此，就当他是路人甲乙，天涯相忘吧。

不过，故事的结局其实并没有那么糟糕。原先他只想让她明白自己的心意，却不料这首诗竟流传开来，传到了权贵余顿手中。余顿很快找到他验证诗的真伪。他所幸坦白了一切。好在余顿是个大度之人，当即表示，四十万钱在一段真情面前实在算不得什么，爽快地将他的心上人送回了他身边，有情人终成眷属。

仔细想想，这句诗之所以能流传至今，并不是因为它的背后有一段浪漫圆满的爱情故事。恰恰是它说出了古往今来许多有缘无分的爱情的真实结局：若无缘成为恋人，那么，便做路人吧。

因深情得皇帝放手，动人真爱不忍拆·《章台柳》

——（唐）韩翃

章台柳，章台柳，往日依依今在否？

纵使长条似旧垂，也应攀折他人手。

　　韩翃并不算是唐代很有名的诗人，但这首《章台柳》却流传至今，为人熟知。和崔郊的"侯门一入深如海，从此萧郎是路人"一样，这首诗中，其实也包含着一个失而复得的爱情故事。

　　韩翃与柳氏相遇于一场宴席。他是主人李公子的好友，更是这场酒席中的贵客。而她则是李府中的歌伎，这种场合当然少不了献曲助兴。

　　一般来说，她不过是酒宴上的点缀，而他也只是酒席间的看客，彼此也只有一面之缘罢了。

　　可是，有时候缘分就是这么奇妙的东西。觥筹交错之间，偏偏只有他们四目相对，一眼定缘。

　　她所弹唱的曲子并不长，之前也已弹过多次，实在没什么难度。这次却因为他的缘故，她故意放慢了节奏，只为多看他几眼。又因无法专心弹琴，仓促之下竟弹错了两个音。

　　虽然她及时调整了过来，但这对她而言着实算是一件丢脸的事情。

　　不过，她也不算是一厢情愿，得不偿失。酒席上，她的心思几乎全被那个眉目清朗神采奕奕的男子占了去，自然能注意到他的一举一动。

起初，他们目光相对纯属意外。她却因为这意外陷入了情网，她从来不是什么扭捏女子，在这有限的时间内恨不能多看两眼才算赚到。他却好像害羞似的，很快将目光移开，却很快又转了回来。这一转，自然又与她四目相对。就这样来回数次，她明显看到，本来未饮多少酒的那个人，连耳朵都染上了绯红色。

她看得心里直发笑，一会觉得这大概就是年轻读书人的矜持，只是脸皮忒薄，难免少了些情趣；转念又想，这又有什么不好呢？这人年纪轻轻，又长了一副好皮囊，却还那样容易害羞，想来该是一心读书求取功名的年轻学子，和那些整日里游手好闲喜欢在秦楼楚馆与姑娘厮混的富家公子哥定然不同。

散席之后，他并未多做停留，而是和其他宾客一起离开了。倒是这场宴会的主人早就从中看出了端倪，散席之后主动找到柳氏询问原委。

她这才知道，原来刚才自己一眼相中的情郎叫韩翊，确实不是什么富贵人家的公子，也尚未考取功名，却是一位饱读诗书的才子。

她不禁为自己看人的眼光感到有些骄傲，得知他已经离开，却未留下只言片语，她又不免觉得有些失望。不过想想也觉得情有可原，方才他连与她对视都不敢，更别提一席酒宴过后便向主人家提出什么过分的要求。

　　她有信心，那个年轻的书生对她也是有意的。既然，他不敢主动向前一步，那这一步就由她主动来走。

　　于是，她便将酒宴上与韩翃一见钟情的事和盘托出。她脾气虽急，却也不是为了感情头脑发昏的女子。这些年她在李府做歌伎，始终是靠弹琴唱曲谋生，并未委身于李公子。再说，公子也是豪侠大度之人，如今她想离开，应该不会刻意刁难。

　　果然，李公子听完她的叙述，直夸她眼光独到。不久后再次邀请韩翃来到府上，问明他的心意，在得到肯定的回答后，当场决定成全两人，甚至拿出一些钱财，让二人作新婚之用。

　　韩翃和崔郊，无疑都是并不多见的幸运儿，总能在人生不得意的时候遇见愿意伸手相助不求回报的贵人。

　　韩翃和柳氏，几乎是毫无阻碍地走到了一起。新婚之夜，他揭开她的盖头，只觉得这一切都好像是一场美梦。天知道，他甚至不敢眨眼，生怕一眨眼的工夫，这美梦就醒了。

　　洞房花烛固然美好，生活对他的优待却不止于此。与很多文人相比，他的科举之路算是十分顺遂，很快便中了进士。

　　一切仿佛都在向着很好的方向发展。韩翃娶得娇妻，又考取功名，可谓人生赢家；柳氏呢，不仅毫无阻碍地嫁给了自己的心上人，还再一次证明自己看人的眼光确实不俗：她的夫君很快便金榜题名，做到了许多文人梦寐以求的事情。

然而，生活又怎么可能会一帆风顺？当时已是天宝末年，个人的荣耀与国家的衰微相比，实在是微不足道。

他们沉浸在对幸福生活的向往里，知道那个叫安禄山的人挑破了"大唐盛世"的虚伪面纱。

公元755年，安史之乱爆发。

连英明神武的唐玄宗都在这场灾难中失去了自己最心爱的女子，其他人的爱情自然也免不了要遭受战争的荼毒。

韩翃与柳氏，便因为这场灾难被迫分离，失去了联系。

好在，他们始终都是上天眷顾的幸运儿，虽然被迫与所爱之人分离，却都在离乱中保全了性命。

韩翃辗转来到青州节度使麾下做了书记，而柳氏，则在兵荒马乱中投身到了一处佛寺，剪掉秀发，褪去华服，栖身其中。

长安城中每日都有人死去，死于屠杀，死于饥饿，死于疾病。她不知道自己一介女流还能支撑多久，也不知道她的夫君是否安然无恙，现在又身在何方。昔日繁华的长安城如今只剩下惨遭凌虐后的破败与衰飒，她只能在死亡还没来临之前用尽全力地活着。或许，她和他都会成为这场浩劫的幸存者，只要活着，便还有重逢的可能。

她毕竟是有些姿色的女子，为了在这乱世之中安稳度日，只能剪去心爱的长发，暂居于佛寺之中，以求安稳。

　　白日里，她做得最多的事情就是祈求佛祖，保他平安。到了夜晚，她又常常会从梦中惊醒。

　　有时，会梦见她的丈夫被叛军无情斩杀，有时也会梦见她栖身的这间寺庙毁于战火之中，而她亦未能幸免，终究与所爱之人阴阳相隔。

　　好在，佛祖似乎真的听到了她虔诚的祈祷，局势日渐稳定，他们都还平安。

　　流落青州的韩翃并未忘记他的妻子，他在青州很受节度使侯希逸的赏识，局势稍安之后便让人来到长安，寻访她的下落。

　　他们失散的日子里，他想了很多。起先是怕她早已丢了性命，只觉得万事都不重要，只要她平安活着便再无所求；后来又想到既然他能活着，她说不定也能存活下来。若是有幸活着，她不过是个弱女子，在这样的乱世没有丈夫在身边，又该怎样谋生？

　　思来想去，他还是希望她能活下来，却不知如若她还活着，有缘再次与他重逢，又会是怎样的光景。

　　他派往京城的人并未打探到柳氏的消息。人海茫茫，又刚从一场灾难中缓过劲来，要找一个人实在不是一件容易的事。

　　万般无奈之下，他只能将自己的思念与忧愁全都诉诸笔端，写下一首流传后世的《章台柳》。他还记得初遇那年她美丽动人的双眼，那双眼睛就那样一直盯着他的脸庞，他想要逃避，却又避无可避，每每与她对视，又觉得那双眼睛竟有摄人心魄的力量。

他本是无名书生，能娶她为妻已属三生有幸。如今，她若侥幸存活，究竟是另嫁他人，还是沦落风尘？

他就这样在青州待了很久，直到节度使侯希逸接到调令，回到长安，他自然也跟着回来了。

走在长安的街道上，他只觉得这里的一切都是那样熟悉，却在熟悉中透着陌生。一切仿佛都是原来的样子，偏偏又处处透着修缮过的痕迹。他这样想着，又忍不住从怀里取出那张写有《章台柳》的信笺来。这是一封未寄出的信，也许，这辈子都没有机会寄出了。

可有些缘分似乎就是命中注定的，该相见的人就一定会相见。比如他与她。

他看着手中的信笺生出无限感慨，一时竟没注意到与自己擦肩而过的马车。倒是那车中女子，一眼便认出了自己日思夜想的夫君。

她只能让马车退回他的身边，隔着帘子，哽咽着叫了他的名字。

他听见无比熟悉的声音，一时间竟愣在当场，手中的信笺也随之飘落。

她终于走下了马车，他从未想过再见她时，会是这样的情景。

多年不见，她依旧美丽如昔，身上的衣裙皆是上等的绸缎，越发显出她的贵气。只是，她面色凄苦，连眼睛都不复往日的神采。

原来，她虽没有死于战乱，却被平乱有功的番将沙叱利看上，强行纳为妾室，一晃便是数年。

其实不是没想过殉情，只是在这场浩劫中历尽千辛万苦才保存了性命，这性命显得格外珍贵起来。经历过死亡，便深刻体会到活着才是最重要的事情。

她捡起了地上的信笺，看到了上面的诗句，也读懂了他的思念与挣扎。她想要开口说些什么，却又觉得无话可说。正如他所想的那样，现如今，她这根柳条，早已握在了他人手里。

她只能转头上了马车，疾驰而去。徒留他一人，望着远去的车驾泪流满面。

他只是幕府里的文书，对方却是战功赫赫的将领。即使他们仍然相爱，他又凭什么能从将军手中抢人？

大约韩翃这个人真的是个被命运眷顾的幸运儿。这件事后来被城中一位侠客知晓，二话不说便闯入将军府将柳氏带了出来，送回韩翃身边。番将当然不肯善罢甘休，告到了皇帝那里。皇帝也是个通情达理的，赏赐番将二百两黄金，将柳氏正式还给韩翃。

故事的结局未免有点强行大团圆的意思。但仔细想想，现实生活中败给现实的爱情实在太多。既然是故事，又何妨圆满一些，给现实中的人带去一点希望呢？

恩宠极品丰腴妃，大唐繁花落红绝·《长恨歌》
——（唐）白居易

汉皇重色思倾国，御宇多年求不得。杨家有女初长成，
养在深闺人未识。天生丽质难自弃，一朝选在君王侧。
回眸一笑百媚生，六宫粉黛无颜色。春寒赐浴华清池，
温泉水滑洗凝脂。侍儿扶起娇无力，始是新承恩泽时。
云鬓花颜金步摇，芙蓉帐暖度春宵。春宵苦短日高起，
从此君王不早朝。承欢侍宴无闲暇，春从春游夜专夜。
后宫佳丽三千人，三千宠爱在一身。金屋妆成娇侍夜，
玉楼宴罢醉和春。姊妹弟兄皆列土，可怜光彩生门户。
遂令天下父母心，不重生男重生女。骊宫高处入青云，
仙乐风飘处处闻。缓歌慢舞凝丝竹，尽日君王看不足。
渔阳鼙鼓动地来，惊破霓裳羽衣曲。九重城阙烟尘生，
千乘万骑西南行。翠华摇摇行复止，西出都门百余里。
六军不发无奈何，宛转蛾眉马前死。花钿委地无人收，
翠翘金雀玉搔头。君王掩面救不得，回看血泪相和流。
黄埃散漫风萧索，云栈萦纡登剑阁。峨嵋山下少人行，

旌旗无光日色薄。　蜀江水碧蜀山青，　圣主朝朝暮暮情。
行宫见月伤心色，　夜雨闻铃肠断声。　天旋地转回龙驭，
到此踌躇不能去。　马嵬坡下泥土中，　不见玉颜空死处。
君臣相顾尽沾衣，　东望都门信马归。　归来池苑皆依旧，
太液芙蓉未央柳。　芙蓉如面柳如眉，　对此如何不泪垂。
春风桃李花开夜，　秋雨梧桐叶落时。　西宫南苑多秋草，
落叶满阶红不扫。　梨园弟子白发新，　椒房阿监青娥老。
夕殿萤飞思悄然，　孤灯挑尽未成眠。　迟迟钟鼓初长夜，
耿耿星河欲曙天。　鸳鸯瓦冷霜华重，　翡翠衾寒谁与共。
悠悠生死别经年，　魂魄不曾来入梦。　临邛道士鸿都客，
能以精诚致魂魄。　为感君王辗转思，　遂教方士殷勤觅。
排空驭气奔如电，　升天入地求之遍。　上穷碧落下黄泉，
两处茫茫皆不见。　忽闻海上有仙山，　山在虚无缥渺间。
楼阁玲珑五云起，　其中绰约多仙子。　中有一人字太真，
雪肤花貌参差是。　金阙西厢叩玉扃，　转教小玉报双成。
闻道汉家天子使，　九华帐里梦魂惊。　揽衣推枕起徘徊，
珠箔银屏迤逦开。　云鬓半偏新睡觉，　花冠不整下堂来。
风吹仙袂飘飘举，　犹似霓裳羽衣舞。　玉容寂寞泪阑干，
梨花一枝春带雨。　含情凝睇谢君王，　一别音容两渺茫。
昭阳殿里恩爱绝，　蓬莱宫中日月长。　回头下望人寰处，

不见长安见尘雾。惟将旧物表深情，钿合金钗寄将去。
钗留一股合一扇，钗擘黄金合分钿。但令心似金钿坚，
天上人间会相见。临别殷勤重寄词，词中有誓两心知。
七月七日长生殿，夜半无人私语时。在天愿作比翼鸟，
在地愿为连理枝。天长地久有时尽，此恨绵绵无绝期。

白居易在《长恨歌》开篇写道："汉皇重色思倾国，御宇多年求不得。杨家有女初长成，养在深闺人未识。"可见，白居易笔下的杨玉环，也曾有过一段待字闺中的小儿女时光。彼时，她的美还没为人所识。她可能情窦初开，也不失孩子的天真烂漫。或许，她也偷偷在心中勾勒过未来夫君的样子，暗想着今后会嫁给某家的少年公子，然后执子之手，与子偕老。

据史料记载，杨玉环本该是寿王妃，唐玄宗的儿媳妇。因缘际会，不小心被手握天下的唐玄宗看上，一波三折，竟成了公公的枕边人。这样的故事，够传奇，也够狗血，总是带着些乱伦的色彩，极易受人指摘。白居易这个伟大的现实主义诗人倒是难得发挥了一下他的浪漫细胞，撇开了这段感情里的暗色调，用一句"天生丽质难自弃，一朝选在君王侧"概括了其间种种。他要倾国倾城的佳人，她是天生丽质的美女。条件符合，一纸诏书，便被选入宫里，成了长伴君侧的人。其实不管是哪种情形，看似是两个人的事情，甚至是三方面的纠葛，最后作决定的，都只是一个唐玄宗。对他而言，不论难还是易，要一个女人最终都不过是一道诏令的事情。这样看来，那个叫杨玉环的女子，最初也可能只是满足盛世帝王"思倾国"这一愿望的工具吧。从头至尾，没有人会问杨玉环的意见，没有人会在意她的想法。无论是夺妻还是选秀，她都只是被争夺或被挑选的一方，毫无主动权。

　　但，封建时代，又有多少女子可以掌握自己的命运？

　　杨玉环初见唐玄宗时，他还是那个一手创造"开元盛世"的英明圣主。既有政治胆略，又有艺术才华。这样的男子，太容易让人心动。或许她待字闺中时并没有想过要将此身嫁与帝王家，但被这样万中无一的男人宠着，又何尝不是一种幸运呢？何况，玄宗确实给了她世间最盛大的宠爱盛大到足以改变世人一贯的看法："遂令天下父母心，不重生男重生女。"

　　她也难免会有郁闷失落的时候。毕竟是深宫中的女人，他不在时，也只能百无聊赖，苦苦等候。那一晚，竟等来了圣驾前往别处的消息，心中抑郁却又无法言说，于是有了一出著名的《贵妃醉酒》。说到底，再得宠又能如何？荣辱由他，来去由他。可她到底是天生丽质的美人，又被手握天下的男人真真切切地宠爱着，自然比一般的妃嫔多了几分脾气与底气。她与他撒过娇，也吵过架，甚至严重时还回过几次娘家，将家中一干人等吓得半死。可不知怎的，他们的感情好像从一开始就与普通的帝妃情爱不同，多了几分寻常百姓恩爱夫妻的味道，吵得再狠，闹得再凶，也从来都是"床头吵架床尾和"。

　　他总会哄她回去，而他们也在每一次争吵过后变得更加情比金坚。最终，他对她的爱，达到了"三千宠爱在一身"的高度。他们在长生殿里夜半私语，芙蓉帐中一夜春宵，一同许下"在天愿作比翼鸟，在地愿为连理枝"的誓言。"姊妹弟兄皆列土，可怜光彩生门户。"他的手中握着天下至高无上的权力，却像平常百姓一样与她私语盟誓，尽最大的可能照拂她的家人，让她的哥哥做了宰相……如果当初她没有奉旨入宫，而是嫁作他人妇，谁还能给得起这般待遇？即便是王爷，这些好处也都是大打折扣的。

其实想想，她的盛宠不是没有原因的。"回眸一笑百媚生"固然重要，先意希旨的本事也不可少。得宠如她，也少不了要察言观色，做一朵善解人意的"解语花"。小打小闹自然是夫妻间的情趣，该懂的眼色也还是要懂，以免真的触碰了他的逆鳞。只是，"花无百日红，人无千日好"的道理，在不知不觉中，悄然应验了。

对杨玉环来说，"缓歌慢舞凝丝竹，尽日君王看不足"是让她沉溺其间的幸福，而"渔阳鼙鼓动地来，惊破霓裳羽衣曲"却是她无法承受的痛苦。安史之乱终于爆发，顺带着荼毒了他们俩的爱情。

玄宗是那样骄傲英武的人，二十多岁就敢发动政变肃清朝堂，登基之后迅速拨乱反正，举贤任能，亲手开创了大唐的开元盛世，在最志得意满时，遇上了她。以至于他一直觉得，这是上天给他的恩赏，让他在励精图治多年做到"醒掌天下权"之后，能够幸福而坦然地享受"醉卧美人膝"的欢乐。而她呢，她被这个仪表堂堂、呼风唤雨，而又精通音律、知情识趣的男子深深地宠爱着，用感情，用权力，用金钱，将她打造成了盛世大唐最耀眼的那颗明珠。她还有什么不满足？在她眼中，他几乎是完美无缺的。然而，他们似乎都忘了，他仍然是皇帝，是整个国家的掌舵人，既享了常人难以想象的富贵，就要忍受常人无法忍受的辛苦——国家在运转，作为主宰的皇帝又怎么能够停下来？

公元755年的一个夜晚，他们像往常一样沉醉在《霓裳羽衣曲》的优美旋律里，一封急报打破了这份宁静——安禄山造反了。

起初，他是不相信的。安禄山是他最宠信的臣子之一，作为帝王，他已经给了这个胡人他该给的一切——不，远比他该给的要多得多，以至于朝中早有大臣不满。所以，也许这只是某些大臣的谗言？

一封又一封的军报打破了他的幻想，他不得不面对现实，他最信任的臣子，正带着二十万叛军，直逼长安，要来取他性命。眼看长安城危在旦夕，万般无奈之下，他带着他的玉环仓皇西逃，准备入了蜀地再做打算，却无论如何也没想到，叱咤风云几十载的他，会陷入"六军不发无奈何"的艰难境地。

马嵬坡成了杨玉环的终点，也成了唐玄宗一生的痛。

那个夜晚，暴雨如注。急促的雨点让本来静谧的氛围变得躁动不安。他与她坐在简陋的驿站里相依相偎，做简单的休整。他握着她的手，满怀歉意地望着她，说着责怪自己的话，都怪他误信小人，又对战局判断失误，才连累她奔波千里，受这番苦楚。她打断他的自责，想要对他说，等到了蜀地，重整旗鼓静待战机，一切都会好的，她陪着他，相信他。然而，话未出口，就被惊慌失措的高力士打断，与高力士一同进来的，还有她的堂兄，杨国忠的人头。他们这才从两个人的世界中挣扎出来，意识到门外又是另一个世界，一个让她万劫不复的世界——六军哗变，就地诛杀宰相杨国忠，之后又以"清君侧"的名义要求将她赐死。

他自然是不愿的，他如何能"清君侧"！盛怒之下，他甚至拔出佩剑，要冲出门去杀了带头闹事的将领，却在听到门外杀声震天的那一刻停下了脚步。原来，如今的他早已不复当年的威信，这么多的将士，竟没有一个与他站在同一立场。身为帝王的他，很清楚这意味着什么——如果不"清君侧"，他们就会"清君"。江山美人，穷途末路。

此时此刻，他终于意识到自己是一个王朝的君主，而不是寻常人家的情种。他做了一个正常帝王都会做的选择，尽管这个选择有些残忍。

江山美人，如何抉择？当然是弃美人而选江山。美人再得势，不过是今时今日。而祖宗江山，却是几代人的成果，将要世代传承。孰轻孰重，立见分晓。今时今日，他仍是大唐帝国的代表，而她虽是大唐最耀眼的明珠，却终究只是明珠而已，锦上添花，"锦"永远比"花"更重要。

她没得选择。"宛转蛾眉马前死"是她唯一的归宿。

这一场变乱，终于随着杨玉环的死而逐渐平息。几经周折，唐军终于取得了最后的胜利，而唐玄宗再也无力掌握国家大权，匆匆传位给儿子李亨。经此一役，曾经鼎盛的大唐王朝，也终究难逃衰落的命运。而李隆基，成了年老体弱无人关心的太上皇。

"归来池苑皆依旧，太液芙蓉未央柳。"再回宫殿，已物是人非。从某种程度上说，杨玉环的死既成全了皇帝，也成全了她自己。她在正值盛宠的时候为他而死，在玄宗的心里自然永垂不朽，万古长青，以至于思念成疾，请来临邛道士，上天入地，碧落黄泉，只为找到她的魂魄。如若不然，谁能保证杨玉环一定不会有美人迟暮的悲凉？

若说杨玉环的一生是个悲剧，无非就是身为女人，不由自主，始终逃不过"红颜薄命"的下场。但总的说来，至少在白居易笔下呈现了一场虽然懦弱却真诚的帝王情爱，已是难得。

只是，无论怎样说服自己，都难掩李杨爱情故事散落在繁华背后的无限悲凉。李商隐说："如何四纪为天子，不及卢家有莫愁。"这显然是男子的立场。站在女子的角度，我想如今的每一个女子，都应该感谢这个时代，至少，它让我们可以选择不再将自己的命运交到男子手中。

朝云伴梦入彩霞，此心安处是吾乡·《定风波》

——（北宋）苏轼

常羡人间琢玉郎，天应乞与点酥娘。

自作清歌传皓齿，风起，雪飞炎海变清凉。

万里归来年愈少，微笑，笑时犹带岭梅香。

试问岭南应不好？却道：此心安处是吾乡。

　　这首词所写的，原不是苏轼自己，而是苏轼的好友王定国，以及他的歌伎寓娘。

　　王定国本是苏轼的好友，因乌台诗案一事被牵连，遭贬至岭南蛮荒之地宾州，家中歌伎寓娘亦不辞辛苦，随行前往。几年以后，王定国结束贬谪，北归与苏轼重聚。在重聚的宴席上，歌伎寓娘亦陪伴在侧，席间为苏轼斟酒。苏轼感慨她多年不见却容颜依旧，试探性地询问道：岭南荒僻之地，那里的日子一定很苦吧。寓娘淡然回答，心灵安定的地方就是家乡。苏轼听后大为感动，遂作此词。

　　在苏轼眼中，好友王安国无疑是非常幸运的。人生失意之时，还有如此兰心蕙质、心性坚定的佳人无悔追随，还有什么比这份情谊更珍贵的呢？其实，幸运的人不只王定国一人，苏轼自己又何尝不是那个幸运儿？

　　苏轼初遇朝云，是在杭州。此时的他已离开汴京朝堂，到杭州做了通判。发妻王弗已去世多年，陪在他身边的是温柔贤惠的王闰之。闰之虽好，却是个传统保守的闺阁女子，可以在家务上替他打点妥帖，才艺方面却远不及王弗，和苏轼的相处终是少了几分心灵上的默契。而烟雨江南，正是孕育灵秀佳人，创造浪漫相遇的最佳地点。王朝云，正是出生在这烟雨空蒙的江南水乡，因家境贫寒，父母早逝，沦落到了杭州青楼的歌舞班中。

相遇那日，天朗气清，苏轼交友广泛，于这样的天气呼朋引伴，饮酒赋诗，泛舟西湖，再合适不过。这样好的雅兴，自然少不了歌伎舞女的陪伴助兴。王朝云便是这群女子中的一个。彼时她只有十二三岁的年纪，却已出落得亭亭玉立，如同清水出芙蓉一般，虽未加雕饰，却自有一种清新淡然楚楚动人的美。

有人推测，苏轼那首著名的"水光潋滟晴方好，山色空蒙雨亦奇。欲把西湖比西子，淡妆浓抹总相宜"明面上是写西湖美景，实际上却是写小小年纪就已让人见之难忘的朝云。当然，这段传说没有任何文献记载，恐怕只是后人牵强附会之说。但不可否认的是，在杭州，于这样美好的天气里，遇到这样年轻灵动的姑娘，对苏轼这样的文人墨客而言，确实是美事一桩。

朝云被苏轼带回府中，成了府上的侍女。初见时，她年纪尚小，但他与她的缘分，也就此注定。

如果说，苏轼初见朝云，是惊鸿一瞥的惊艳，那么日后多年的朝夕相处，便是才子佳人日久生情的温床。

朝云十八岁时，正式成了苏轼的侍妾。

如果说王闰之在苏轼因乌台诗案牵连入狱后，惊惧之下烧了他存在家中的大半诗稿，这件事或多或少体现了她与苏轼在心灵上的隔阂的话，王朝云对于苏轼而言，则绝对担得起"知己"

二字。

那日，苏东坡结束公务回到家中，酒足饭饱之后忽然起了玩笑的心思，捂着肚子问家中侍儿："你们说，我这肚子里装的都是什么呢？"众人的回答五花八门，但大多都是褒义。有的说是学问，有的说是文章，还有人说是见识。唯有朝云这个小女子微笑着回应："学士满肚子不合时宜。"

这显然不是夸奖，甚至称不上是好话，但这确实是最适合苏轼的答案，也是众多答案之中，唯一让苏东坡本人欣喜不已的回答。

人生在世，知己难逢。所谓知己，正是在细水长流的日子中养成了无与伦比的默契，许多事情早已不必多言。

的确，他是一个非常卓越的文学家，却也是个不合格的朝堂政客。王安石在任时，他因反对王安石变法而屡遭迁谪；司马光上台后，他又因不满司马光将王安石新法尽数废除而继续被贬。以至于，年近花甲之时，他被贬到了荒无人烟的惠州。

接到前往惠州的调令时，他已经接连被贬数次，第二任妻子王闰之在多年的辗转飘零之中不幸病逝，家中的其他侍从、姬妾们也都在数次辗转中相继离去，他的身边，唯有一个朝云。

其实，当时的朝云身体状况亦不太好，苏轼曾多次相劝，让她不要跟随他去荒无人烟的惠州。她遇到他时，不过是豆蔻年华，之后与他相伴数年，虽不再是青春少女，却到底还有许多时间，实在不必在身体抱恙的情况下，追随一个年近六旬的老人，将往后余生浪费在一片荒芜之中。

他一向喜欢白居易的诗，也曾多次以白居易自比。他想，白乐天当年那样宠爱小妾樊素，在他垂暮之时，樊素也照样选择了离开。白居易只是年老，但晚年生活一直悠游自在，无奔波劳累之苦。而他呢？他早已不再年轻，此刻要去的地方还那样荒僻，前途难料，生活多艰。不如就此分开，放她自由吧。

只是，朝云从未想过要做樊素，面对被贬惠州的苏东坡，她做出了和寓娘一样的选择。

于她而言，前路即使有再多艰难险阻，穷山恶水，心安即是归处。他是她的恩人，是她的知己，是她自情窦初开以来一直恋慕的男子，她又怎能在他最需要帮助和陪伴的时候独自离开？

于是，她陪着他，跋山涉水，来到惠州。后来，苏轼在回忆这段往事时，亲笔写下："予家有数妾，四五年间相继离去，独朝云者随予南迁。"

或许正是苏东坡本身旷达乐观的性格，再加上红颜知己的相依相伴，惠州的日子也并不十分难熬。作为美食家的他，甚至还在惠州写下了"日啖荔枝三百颗，不辞长作岭南人"这样的诗句。

可惜好景不长，到惠州后她的身体越来越差，后来更是染上时疫，重病不起。在病中，她常常回想他和她的点点滴滴。当年他们在西湖初遇，那时的苏轼早已声名远播，她对他只有崇敬与仰望，岂敢有半点非分之想；后来，她进了苏家当了侍女，怎奈年纪太小，难免有些紧张。所幸他和夫人王闰之都是十分好相与的，并未对她提什么要求，反而帮她逐渐熟悉家中环境，直到完全融入这个家庭。

再后来，夫人对她说有意让她做他的妾室，问她是否委屈。若实在不愿，也可以主动拒绝，另觅良人。可是，在她心中，就算是公子王孙，王侯将相，也不能及他万一，又怎会有半点不愿？成婚后，她本不善书法，是他时常握着她的手，一点一点地让她领悟其中的奥妙……

当然，她想得最多的，是他们死去的孩子。是的，他们曾经有过一个孩子。他给孩子起名叫"苏遁"，他曾调侃说，太聪明的人大多命途多舛，自己这一生皆为才华聪明所误，因此只希望这个孩子愚鲁一些，才能无灾无难到公卿。

当时她正沉浸在初为人母的喜悦中，笑着娇嗔他，如何不盼孩子一点好，事关孩子前程，竟被他用来调侃和自夸，真是好没道理。可惜那个孩子并没有无灾无难，他们甚至来不及观察他究竟是聪明好学还是贪玩平庸，那个粉雕玉琢的小婴孩，不到半岁便夭折了。

　　她一度沉浸在丧子之痛中无法自拔，甚至怀疑是自己所求过多招来了报应。所幸有他陪着，为她介绍佛法，这才慢慢从悲痛中走出来。从此，她便也成了忠实的佛教信徒。

　　如今，她重病在身，自知时日无多，这一生，唯一牵挂的，也只有一个苏东坡了。他这一生，经历过太多的挫折与困苦，走到如今，已是无比艰难。她并不希望自己的死给他增添太多悲伤。

　　于是临去的那日，她握着他的手，对他说："一切有为法，如梦、幻、泡、影，如露，亦如电，应作如是观。"

　　他那样通透的人，一定可以领悟她的用心。

　　后来，王朝云被葬在惠州。苏轼曾亲笔写下："不合时宜，惟有朝云能识我，独弹古调，每逢暮雨倍思卿。"

　　他的确没有沉浸在悲伤里，只是在她逝去后的每一个落雨的黄昏，都会习惯性地，弹弹琴，想想她。

　　纵观苏轼这一生，年少的时候，与王弗相知相许，留下了"唤鱼联姻"的佳话；经历了丧妻丧父之痛后，又有温婉贤淑的王闰之对他体贴入微；年过不惑，还能找到年轻貌美的红颜知己王朝云万里相随。这三个女子于他而言，都是在对的时间，遇上对的人，何其幸运！

　　有人说，苏轼与元稹一样用情不专。但苏轼从不自诩痴情。即使他写过"十年生死两茫茫"这样的千古悼亡词，词中也没有类似"曾经沧海难为水，除却巫山不是云"这样肉麻的句子，标榜自己一生只爱一个人。相反，他会在作品中坦荡承认："予家有数妾。"

　　比起元稹那种刚写下"取次花丛懒回顾，半缘修道半缘君"，数月后就转身另寻新欢的人而言，我愿意相信，苏轼或许不够专一，但他对待每一段感情都是真挚的。他的真挚与坦诚，使他值得这份幸运。

世人皆知名望盛，难解心中苦情结·《凤凰台上忆吹箫·香冷金猊》

—— (南北宋) 李清照

香冷金猊，被翻红浪，起来慵自梳头。

任宝奁尘满，日上帘钩。

生怕离怀别苦，多少事、欲说还休。

新来瘦，非干病酒，不是悲秋。

休休，这回去也，

千万遍《阳关》，也则难留。

念武陵人远，烟锁秦楼。

惟有楼前流水，应念我、终日凝眸。

凝眸处，从今又添，一段新愁。

世人眼中，李清照与其他女子终究是有些不同的。

她是流芳百世的才女，是婉约词派的代表人物，和赵明诚的婚姻更是才子配佳人，活成了"人生赢家"的样子。

可是，人生在世，没有谁的生活，担得起"容易"二字。

赵明诚走了。过完了青州十年闲居的日子，他终于有机会，重新走上他的仕途，她并未随行，他们也就此开始了两地分居的时光。

她本是替他高兴的，她的夫君，在赋闲十年之后，终于又等到了施展抱负的机会。

可是，自他走后，她无论做什么都好像少了些意趣，终日懒散，懒得叠被，懒得梳妆，心头始终笼罩着散不去的哀愁。

这是他们自结婚以来，第一次长久的分离。她确实有千般不舍，但也只能在心中一遍又一遍地唱着《阳关三叠》，然后，微笑着送他离开。

也许是新官上任，难免繁忙吧，他的信，也很久没有寄来了。

说起来，李清照与赵明诚也算是门第相当，情投意合。他们的父亲同朝为官，两人都是汴京城中的官宦子弟。她自小便有写诗填词的才情，父亲对她也格外开明，将她培养成京城有名的才女；赵明诚也是当年太学生中的佼佼者，对金石书画颇有研究。

至于感情，他俩更是郎情妾意，早早认定了彼此。这样好的姻缘，只除了一件事有些尴尬：他们的父亲，在朝政上意见相左，甚至有些水火不容。不过，他们到底是幸运的，两家并没有因为政治上的问题而棒打鸳鸯，最终结成了儿女亲家。

婚后在赵家倒也过了一段蜜里调油的日子，她并不是扭捏的女子，那些甜蜜的日子里，她写下了很多诗词，字字句句，千言万语，都不过是想表达两个字：爱他。只可惜新婚不久，朝堂上纷争再起，她的父亲被无情打压，而她的公公，正是打压她父亲的主要人物之一。

那段日子，她在赵家孤立无援，不知该如何面对这种局面。她心中焦急愤恨，曾经写诗顶撞公公。赵明诚虽然爱她，却也不会为了她而公然顶撞自己的父亲。论血缘，他们是亲父子；论官职，她公公是朝中宰相，而赵明诚还只是太学生。其实，作为他的妻子，他们都活在公公的荫蔽之下。

好不容易熬过这场风波，没过多久，她的公公突然被罢免职位，几天后便重病身亡。而他们亦受到牵连，被驱逐出京，不得不回到青州老家。

青州的日子，自然没有相府中的锦衣玉食，有的只是粗茶淡饭，勉强温饱而已。在维持基本的生活之余，他们也不忘收集金石书画，闲暇时，弹琴赏花，赌书泼茶。

这样的日子她很喜欢。然而她也知道，作为昔日朝廷大员的公子，赵明诚是不甘心的。再说，他们收集金石的爱好，也实在需要银两来支撑。就这样，他离开她，渐行渐远渐无书，只留她一人，在这方小院中，守着金石书画和点点滴滴的记忆度日。

她终于等来了他的书信。他在莱州为官，打点好一切，写信让她前去团聚。

这是她期盼已久的回音。随即，她便收拾行李，奔赴莱州。临行前，将小院托付邻居看顾。院中除了那些美好的记忆，还有许多无法带走的收藏。

她以为他们的重逢必定是欢乐的，他们会紧紧相拥，喜极而泣，然后继续他们甜蜜美好的生活。但是，生活不会总按照她以为的方向发展。

他们分开的日子，真的太久了，久到超过了"小别胜新婚"的期限，久到他的身边，有了新人。

她坐在莱州城的房子里，早就没有了久别重逢的喜悦，抬眼四顾，只剩凄凉。这里没有她喜欢的金石书画，没有她熟悉的朋友邻里，甚至没有赵明诚的体贴陪伴——他总是忙于公务，如今的闲暇时间，也不再只属于她一个人。

想当年新婚燕尔，他们在京城的街上闲逛，路遇卖花的货郎。她买下一株喜欢的花，却偏要缠着他问，究竟是人比花娇还是花比人俏。他也不会说点好听的，只调笑她如此小肚鸡肠，竟会和一株花争风吃醋。如今，她早已过了能与花争艳的年纪，在匆匆岁月中，连与人一争高低的心气都被磨平了。

她当然难过。可是，有什么办法呢？纳妾一事对宋朝士大夫而言实在稀松平常，甚至是一种社会风尚。真宗朝的宰相王曾生活简朴，皇帝还专门下旨赐他侍妾。何况，他们分离多年，如今她已年届四十，又无子嗣，于情于理，她都没有理由与他吵闹。

只是每每想到，原来一种相思，未必就是"两处闲愁"，心中到底难平。奈何身为女子，有些事，再难平，也不得不平。

她就是这样的女子，事情既然已经想明白了，就不会再生出无谓的纠结。之后的日子虽不如之前那般如胶似漆，倒也相濡以沫。她又随着他辗转多地，他变了很多，只是酷爱金石这一点一直没改。每每得了稀世珍品，总迫不及待回来与她共同分享，她到底还是有些不可取代的地方。

日子若能一直这样，到也无不可。可是，若国家风雨飘摇，个人又怎会有岁月静好？

公元1126年，金人的铁骑踏进了大宋的都城汴梁，两任皇帝均成为金人的俘虏，北宋灭亡，宋室南迁。

收到消息的他们惊惧之下只能马不停蹄地回到青州，守着多年来积攒下的珍贵收藏。回到青州时，这些珍品尚且完好。只是他们都清楚，这样兵荒马乱的局势，就凭他们的力量，这些藏品十有八九是保不住的。

他们还未想好如何尽力妥善安置这些珍藏，便接到了他的母亲在江宁去世的消息。

于是，赵明诚带着一部分价值连城的宝贝回到江宁，是守孝，也是避祸。留下她一人，独守青州。

再后来，战火蔓延到青州，他们的收藏被一场大火烧毁了大半。庆幸的是，她还活着。

她只能收拾行李去江宁找他，在这途中，那剩下的一部分藏品又遭到抢劫，而她，几近丧命。

山河破碎，她留不住那些价值连城的收藏，也同样留不住他。

几年之后，赵明诚在赶往湖州赴任的路上身染重病，一病不起。

他们找过许多大夫，却没有得到治病的良方。好在，这些年虽然辗转飘零，她最终陪着自己的夫君走完了最后的日子。人之将死，过往的种种，甜蜜、伤感、愤恨、不平，都已不再重要了，爱恨情仇在生死存亡面前显得过于渺小。

他临终之前亦没有太多交代，唯一的愿望，就是让她在保存性命之余尽力守护好他们所剩无几的收藏。

那些金石书画，不仅是他毕生的爱好，也是他们爱情和婚姻的最佳见证。无论如何，她都会尽力保全的。然而，战火纷飞，国破家亡，她一个年近天命的妇人，如何护得住那些文物！

颠沛流离之中，那点仅存的文物，或毁于战火，或毁于暴乱，或毁于偷盗抢劫，带着她与赵明诚之间的美好记忆，纷纷消逝在她的生命中。

再纷乱的时局，终有逐渐稳定的时候。此时的她，身边还残存着零星的文物，整个人早已身心俱疲。这时候，一个叫张汝舟的男人走进了她的世界。这个男人在她最孤苦无依的时候对她温言软语，百般照顾，自然而然地，走进了她的心里。

只是人在太想抓住什么的时候，往往会丧失基本的理智和判断力。她将自己的后半生托付给这个看似温柔可靠的男人，而这个人之所以愿意陪在她身边，不过是听信谣言，以为她还带着几万件价值连城的宝贝而已。

他们很快便发现自己上当了。于李清照而言，在短暂的婚姻生活中发现张汝舟不过是一个卑鄙无耻的阴险小人，见她根本没有那么多珍宝，又不肯将仅有的几件东西转交给他，没过多久便本性暴露，常常对她拳打脚踢；张汝舟呢，原以为娶了座宝库，却不想传言严重失实，仅存的宝贝还不愿交出，忙活半天，不过是竹篮打水一场空而已。

这样的婚姻，显然不是李清照所求的。有些事可以忍，有些事绝不行。她要摆脱张汝舟。

说来可笑，在当时，丈夫抛妻弃子只需一纸休书，妻子摆脱丈夫却必须是在丈夫有罪入狱的情况下。为此，她不惜状告张汝舟科举舞弊。最终，张汝舟被判刑，他们的婚姻关系也得以解除。但按照宋朝律法，妻告夫，即使情况属实，妻子也需坐牢两年。

她宁愿受牢狱之灾，也不愿将自己的余生困在充满欺骗和暴力的婚姻里。

后来，在许多好友的帮助下，她在入狱几天后便被释放。此时的她青春不再，还因为再嫁、离婚受到了很多文人的无情嘲讽。他们纷纷嘲笑她，老眼昏花，识人不清，状告夫君，晚节不保。

可是，那又怎么样呢？千百年以后，李清照这个名字被载入史册，她的作品亦流传至今。而那些嘲弄她的文人，又有几人的成就能超过她？只是她这一生真正无忧无虑的日子，其实，也并没有那么多吧。

铃声雨滴清脆奏，遥知佳人隔两方·《雨霖铃·寒蝉凄切》

——（北宋）柳永

寒蝉凄切，对长亭晚，骤雨初歇。

都门帐饮无绪，留恋处，兰舟催发。

执手相看泪眼，竟无语凝噎。

念去去，千里烟波，暮霭沉沉楚天阔。

多情自古伤离别，更那堪，冷落清秋节！

今宵酒醒何处？杨柳岸，晓风残月。

此去经年，应是良辰好景虚设。

便纵有千种风情，更与何人说？

　　《雨霖铃》，唐教坊名曲。相传安史之乱爆发后，玄宗入蜀避难，刚进入斜谷，便赶上连日阴雨。玄宗在淫雨霏霏中听到栈道上的铃声不绝于耳，又想到自己和心爱的贵妃天人永隔，心中无限凄然，便作此曲以怀念贵妃。

　　此段传说不知真假，却给这个词牌增添了一丝伤感的气息。

　　记得第一次听到柳永的这首《雨霖铃》，还是在小学的时候。当时的我并不知道这首词的全貌，只是在看电视剧《金粉世家》时看到男主金燕西得知女主姓冷名清秋，便说了一句"多情自古伤离别，更那堪，冷落清秋节"，从此便记住了这句词。

　　那时的我尚不知晓电视剧的悲剧结局，明明起先还沉浸在王子与灰姑娘的美好爱情里，却在听到这句话后莫名觉得，他们的爱情故事，大概不会有美好的结局了。

　　后来才知道，写这首词的人叫柳永，而词的全篇，写的便是一场离别。

　　细细想来，柳永的一生似乎都充满离别。

　　他的本名叫"柳三变"。这个名字出自《论语》中的"君子有三变：望之俨然，即之也温，听其言也厉"。可见柳家虽不是什么名门望族，却也是书香门第，希望柳永日后可以成为饱读诗书的君子。他的父亲在为他取名时应该不会想到，这个孩子今后仕途蹭蹬，因为填词过于俚俗而受到众多士大夫的轻视与嘲弄，却成为秦楼楚馆中的红人，众多风尘女子心中无人可比的"柳七郎"，不知是福是祸。

风流如柳七郎，也曾有过洞房花烛、举案齐眉的美好时光。

可惜即使才高如他，在史书中也并没有多少笔墨叙述生平，他的妻子，更是连姓甚名谁都难以知晓。经后人考证，一首《斗百花》应该是柳永描写新婚妻子的作品，专写新婚之夜新娘的青涩与羞赧。

新婚燕尔，他是年轻的才子，她是温柔的佳人。他们也曾携手同游看遍美景，也曾耳鬓厮磨海誓山盟。一切，都仿佛是爱情最好的样子。

只是，此时的他，还肩负着家族的希望，还有着自己的理想。生于书香门第的他，自幼读的是孔孟文章，想的是读书报国，他不可能永远沉溺于爱情的小小天地中。

年轻的时候，没有遭受过社会的打磨，总会踌躇满志，即便资质平平，也难免会在不经意间高看自己一些，把世间的一切想得太过容易。何况，他本就是那样有才华的男子。

彼时的柳永，于科举仕途一事，想的大概就是：赴京赶考，金榜题名，大展宏图，功成名就。

离开妻子的时候，纵然心中不舍，也觉得这不过是暂时的分离。待他高中之后，必将荣归故里与妻子团聚，届时，再与她共享人世繁华。

他上京赶考，途经江南。江南佳丽地，是无数文人墨客邂逅爱情的地方。他的才华和这里的风土人情相得益彰。江南的一草一木使他文思泉涌，而他笔下的锦绣文章也让他的名字传遍苏杭。

烟柳画桥，风帘翠幕，如花美眷，似水流年。江南的温柔乡太过迷人，让他流连忘返。

不是没有想起过家中的妻子、自己的未来，只是每次还来不及细想，就又沉浸在良辰美景、赏心乐事中。

直到，他收到妻子重病亡故的消息。

年少的时候，总是天真地以为，有离别就一定会有重逢。现实却会在不经意间打破美好的幻想，无情地告诉你，有些人，一旦错过就不再。

他在江南一带逗留数年，此刻，却归心似箭。只是，就算他归乡的脚步如何迅疾，家中却再也没有一个美丽的女子等他归来。

系我一生心，负你千行泪。

离开江南，告别妻子，他最终来到了本该到达的目的地。

汴京和江南自然有许多不同，但二者的繁华却是相通的。繁华处，则必然少不了秦楼楚馆，偎红倚翠。

他的才华再一次在科场之外的风月之地得到了充分发挥。

据说，在当时的风月场所，那些环肥燕瘦的女儿们莫不以能唱柳永的作品为豪，甚至还流传着这样一首歌谣：

不愿君王召，愿得柳七叫；不愿千黄金，愿得柳七心；不愿神仙见，愿识柳七面。

他仿佛就是为偎红倚翠而生。

曾经的他天真地以为，在科举考场上他的才华也必定能够帮他大放异彩，拔得头筹。最终的结局，却令他大失所望：黄金榜上，有二百零七个名字，却没有他。

本来封建时代科举落第实属平常，可这种"平常"却不是柳永可以理解的。那时的他以为一个人只要拥有才华，便可以在任何时候都一帆风顺，畅行无阻。却不知世事无常，无论是科考还是官场，从来都不是有才华就可以的。更何况，据《宋史》记载，皇帝当年对学子的要求是："读非圣之书，及属辞浮靡者，皆严谴之。"不读正经书的，喜欢卖弄才华，作淫词艳曲的，都应该受到严厉谴责。

他的才华在倚红楼中绽放，却根本入不了最高统治者的法眼。

他怀着满腔期待走入考场，却在震惊与不解之中失望而归。到底自恃才高，他做不到像许多落榜的举子那样垂头丧气地离开，就算榜上无名，也要昂首挺胸！他将自己的满腹牢骚写入作品中，将无数学子翘首以盼的金榜题名贬为"浮名"。这样的浮名，不要也罢！倒不如在众多姑娘的环绕下写诗填词、浅斟低唱来得潇洒快意。

其实不过是自我安慰罢了，他也是读孔孟之道长大的男子，终究不甘心在烟花柳巷混迹一生。怎料他的作品在京中传得太快、太广，以至于一首发牢骚的作品竟传到了天子耳中。这几乎断送了他的仕途：当他再次踏入考场，并眼看就要心愿得偿时，皇帝想起了他年少轻狂一时意气写下的作品，不禁嗤笑道："他不是宁愿浅斟低唱也不要功名利禄吗？继续填词去吧。"三言两语，便决定了柳永的命运。再度落榜，落了个"奉旨填词"的名声。

眼看仕途无望，他不得不离开京城。

离开那日，恰逢大雨倾盆。其实，他并不想离开汴京，甚至，他连接下来的日子应该去往何处安身都没有详细的计划。正是"下雨天留客"，如今看来，连老天似乎都想让他在这汴京繁华地多留片刻。

只是，即使多留片刻，又有什么用呢？到底不适合科举无望的他。

见到她时，他是有些吃惊的。尽管曾颇受青楼莺莺燕燕的欢迎，他也没有想到，如今落得如此落魄地步，还会有人为他送行。雨势渐收，地上还留有大雨过后的积水，她撑着油纸伞，踏着地面的积水匆忙而来，手中还提着食盒。

她的身影越来越近，走到他身边时，甚至还带着微微的喘息。他这才从震惊中回过神来，仔细打量着她的脸：双颊微红，许是方才一路匆忙跑动的缘故；平日里精心打理的发饰有些凌乱，大雨还打湿了她额前的几缕秀发，湿嗒嗒地贴在头上，甚至还挂着雨珠。她的裙摆处也被雨水打湿了，想必鞋袜也会受到牵连，此时必然不太舒服。

这样的她，与以往所有的时候都截然不同。从前见面时，她的打扮或清雅或娇媚，却始终是妥帖精致的，从来不会如今日这般狼狈，狼狈之下，却别有一番风情。

看着这样的她，他心中有些欣喜，有些心疼。

或许是有了送行的人，不知怎地，小小的长亭中，离愁别绪竟在顷刻间浓了起来。原本他想说些什么驱散浓浓的愁绪，却见她打开食盒，轻轻说了句："来得匆忙，聊备薄酒，为先生饯行。"

他这才注意到，方才的雨势这样急，这方食盒却干干爽爽，里里外外，竟连一滴雨水也没有。

当下心中一动，险些落下泪来。他接过她手中的酒杯，毫不意外地也在她的眼中看到了盈盈粉泪。一时间，他们各自放下手中的酒杯，两手相牵，相顾无言，愁肠百结。

他们最终在船家的催促声中端起酒杯，喝下这杯饯行的酒。

没有办法，再多的不舍，也无法阻止离别的脚步。此一去，山长水阔，相见无期。

这次意料之外的送别深深地刻入了柳永的脑海里，他最终带着深深的眷恋离开了那个匆忙赶来的姑娘，孤身一人面对黎明的残月、凄冷的晨风。往后的日子里，他到过很多地方，看过很多美景，却难找到一个可以分享美景的人。

此去经年，年过半百时，他终于科举及第，做的却始终是芝麻大的小官，最高不过屯田员外郎，从六品闲职。虽也得到过地方百姓的好评，却始终和他最初经世济民的理想抱负相去甚远。

大抵他这一生，最适合的事情，从来只有浅斟低唱。

风流才子佳人情，只愿白头不愿醒·《木兰花》

——（北宋）秦观

秋容老尽芙蓉院，草上霜花匀似剪。

西楼促坐酒杯深，风压绣帘香不卷。

玉纤慵整银筝雁，红袖时笼金鸭暖。

岁华一任委西风，独有春红留醉脸。

　　他是青年才俊，少有才名，年纪轻轻便得到大文豪苏轼的赏识，成为鼎鼎有名的"苏门四学士"之一，与苏轼私交甚好，相传还做了他的妹夫。

　　他是风流才子，研习经史，喜读兵书，诗、词、文皆工而以词著称。词作内容多是男女情爱，感伤离别。

　　他是伤心之人，他有一江的泪，如海的愁。因为怀才不遇，仕途多舛。还有一些，是因为爱恨别离。

　　他与长沙义倡的缘分，始于绍圣三年。此时的秦观，已近天命之年。两年前的他已被贬出了京城，到杭州城做了通判。那时的他还存着一丝美好的幻想，认为不久之后，他总会回到繁华的汴京城中，重温往日的快乐时光。而且杭州并非偏远荒蛮之地，除了被贬的惆怅与不平，倒也没有太多的悲戚。然而，两年之后，他并没有等来回京赴任的消息，而是再次被贬。这一次，被贬到了更为偏远的湖南郴州。此时的他终于察觉，汴京，怕是再也回不去了。

　　那位义倡在长沙一带颇有些名气，他初到长沙不久就有所耳闻，存了上门一见的心思。又听人说，这长沙义倡眼光甚高，于一般客人多存应付周旋之意，却独独仰慕秦观秦学士的才华，平日所阅所歌，多是秦学士作品。他着实没有想过，在长沙这样的地方，竟还有自己的红颜知己，若就此错过，岂不可惜？

芙蓉院内，秋意浓浓，而屋子里，却是温暖的。初见她时，她略施粉黛，脸上淡淡的脂粉让人瞧不出思绪，只闻见清浅的胭脂香。他为自己先前傲慢而鲁莽的猜测而羞愧不已，这样的女子，丝毫不逊于江南佳丽，就是在汴京城中，也是十分难寻的。

他在桌边坐下，看到桌上放着一卷文编，仔细视之，竟真如传闻所言，皆是他的词作，上书"秦学士词"，不觉心中一喜。他虽为寻知己而来，却仍对传言持怀疑态度，做好了失望而归的准备，如今想来，倒实属多虑。

欣喜之余，又起了逗弄的心思。不禁开口问道："姑娘房中独有《秦学士词》，秦学士何许人也？"这一问，原本不大言语的姑娘便立刻打开了话匣子。

他从不曾想过，在他的贬谪之路上竟还会遇到这样美丽的女子，更难得的是竟将他这个失意贬谪之人看得如此完美无缺，竟当着他的面，说了许多溢美之词，似乎还在恼恨自己的语言不足以形容他的风采，听得他有些耳热。

他害怕她会一直说下去，自己实在当不起这般赞美，便打断了她的叙述："姑娘如此仰慕秦学士文采，可曾有缘得见？"她似乎又觉得他提了不该提的问题，有些好笑地答道："长沙城中如何得见秦学士那样的京师贵人？"

　　话已至此，他再无隐瞒的必要，当即表明了身份，在她的震惊中诉说着自己这些年接连被贬的际遇。贬谪成就了他与她的相遇，如此说来，他竟觉得被贬郴州也并不是全无收获了。

　　他也有些隐隐的不安。他怕当她知道眼前这个落魄书生竟然就是自己仰慕多年的秦学士，没有她想象中的骄矜华贵、玉树临风，也没有她想象中的才气纵横、青云直上，更不会成为她口中汴京城里的"贵人"，他甚至不能在长沙久留，而要去更偏远的地方，此生可能都无法再次踏上汴京的土地。她会很失望吗？会觉得多年来仰慕的到底只是自己的幻想吗？

　　所幸，他担忧的事情并未发生。她在最初的震惊过后将他奉为上宾，为他设宴斟酒，与他把酒言欢。几杯酒过后，不胜酒力的秦少游便有了些醉意。只是，这醉意怕不只是因为酒，还因为她。

　　她让他知道，有一个女子，在那么长的时间里，一直默默关注着自己，一直默默喜欢着自己的词，一直深情脉脉地唱着自己的词曲。有几分开心、几分骄傲，更多的却是感动。终于，让仕途失意的他迷醉在小小的自得和氤氲的香气中。

　　醒醒醉醉之间，又见她朱唇轻启，劝他多饮几杯，由她来弹琴助兴。说话间，便听见悦耳的琴声。醉眼迷蒙，只见她的手在琴弦之间来回勾抹，待一曲终了，她将手放在暖炉上暖了片刻，又继续弹奏起来。倒真应了那句"低眉信手续续弹，说尽心中无限事"。

岁月无情催人老。即使她是出淤泥而不染的芙蓉，也会在瑟瑟秋风的温柔刀中老去。但现下，她的脸颊因为饮酒而泛起酡红色，竟如一片春红般美丽，让人多了几分醉意。未来的事谁知道呢？人总是活在当下，记下每一个值得纪念的人和事，若干年后，累积成精彩的人生。

与长沙女子的相遇，对于仕途失意屡遭贬谪的秦观而言，无疑是十分温暖的。因为温暖贴心，因为猝不及防，所以愈发显得弥足珍贵，刻骨铭心。

然而，有相逢就一定有别离。他的贬谪之旅还未结束，长沙毕竟只是他途经之处，郴州才是他此行的最终目的地。

爱情是文人墨客笔下最常见的主题，诗人们对于爱情总是会文思泉涌，写出各种美好的诗篇。但写下这些诗篇的人，绝大多数，都不会只为追求爱情而活着。

他们有他们想要追求的理想、功名、自由，就算是秦观这样仕途蹭蹬的失意之人，也有必须完成的皇命，不得不去的地方。与这些相比，爱情，似乎只是其中最适合用来回忆和怀念的。

一切的一切，都注定了他们终将分离。他离开的那天，微云掩映着远山，天空连接着衰草，城楼上号角初歇。那女子自然前来送行。他嘱咐船家多停片刻，好让他们可以饮一杯离别的酒。此刻的他们，便是夕阳下的断肠人。执手相看，无语凝噎。

一叶孤舟终于离岸，舟上立着的，是伤心之人秦观。他的仕途和他的情事一样，都遇到过合意的，但最终大多逃不出仓皇别离，天涯相忘。

他想起临别之际，那女子对他说的最后一句话便是：往后余生，我唯一的愿望便是，他日你奉旨回京，途经长沙，能够回来看看我。

这样的深情，他不敢贸然答应，又不知该如何拒绝。他心中清楚，山水迢迢，有此一遇已是难得，想要再见谈何容易？此一别，只怕是后会无期。

面对这样的分别，他的内心是有些复杂的。人生在世，知己难求。如果他们在汴京城中相遇，他还是那个官虽不高却自负才高，踌躇满志的秦观，他一定会将她留在身边，许下白头偕老的心愿。可是，如今的他早已自顾不暇，更不可能带一个女子上路。

她的一腔真情他早已尽数知晓。他虽千般不舍，却还是将离开的日期告诉了她。他以为她会垂泪，会挽留，会欲说还休。老实说，他甚至有些害怕，怕她会提出抛下长沙的一切，就此追随于他。

　　然而，听到他要走的消息，她好像并没有表现出多么强烈的不舍来，他在放松之余，又涌出一点失落来。却不承想，她在临别前的最后时刻，这般郑重地许下这样的愿望，又让他觉得自己到底低估了她的情意，却无法给出任何的答案来。

　　一年之后，朝廷下诏将他移送横州。在横州，他度过了那个属于牛郎织女，属于天下有情人的七夕节，也写下了千古名句："两情若是久长时，又岂在朝朝暮暮。"关于这首词究竟因何人何事而作，似乎有很多种解释，难以统一。其中一种解释便是，写这首词时，他正在怀念那位远在长沙的女子，安慰自己只要两心相知，即便分居两地，就像牛郎和织女一般，也总会有相见的机会。

　　只可惜，生活从来都不是神话传说。秦观与长沙义倡的缘分，注定会成为他生命中的一大遗憾。因为，他与她，至此一别，再未相逢。

　　那名女子自他离开后，便就此闭门谢客，开始了一心一意却又没有尽头的等待。私以为，这样的做法对于一个风尘女子而言未免过于痴傻。

　　不过，这大概是那个时代，一个女子所能做的一切吧。如果没有这场意外的相遇，她只会是秦观的众多崇拜者之一，读他的诗词，唱他的作品，在心中默默将他想象成举世无双的样子。而现在，他们有了这样难得的相遇，即使如今的他失意愁苦，早已没有了当年的意气风发，但这样的他，对她而言，也已经弥足珍贵，无人可及。

人生短暂，不是每个人都能遇到心中最理想的那个人。如果有幸遇到，眼中便再无其他。

郁郁一生才满溢，两袖清风诗满堂·《鹧鸪天》

——（北宋）晏几道

彩袖殷勤捧玉钟，当年拼却醉颜红。

舞低杨柳楼心月，歌尽桃花扇影风。

从别后，忆相逢，几回魂梦与君同。

今宵剩把银釭照，犹恐相逢是梦中。

晏几道，号小山，晏殊第七子。他继承了爹爹的才华，却没有继承他的圆融与通达。晏小山才华横溢，却是个与落寞失意为伴的痴人。无论官场情场，都不是赢家，唯有在词坛上与父齐名。曾经的富贵公子，多年后也只能在辛辣的酒味中，回忆着"当年拼却醉颜红"的快意时光。

初识晏几道，是因为他的父亲是北宋著名的太平宰相晏殊，而初读晏殊，是从中学课本上那句有名的"无可奈何花落去，似曾相识燕归来"开始的。后来才知道，晏殊这一生，可谓平步青云，官运亨通：十四岁时便参加殿试，神气自若，援笔立成。因此颇受宋真宗嘉赏，赐同进士出身，此后便一帆风顺，直至被真宗倚为肱股。

后来，虽有两三次被贬离京，但都离京城不远，用他自己的话说，"予平生守官，未尝去王畿五百里。"他生命的最后时光留在了京都汴梁，死后宋仁宗亲往祭奠。两代君王均如此倚重，他在朝中的地位可见一斑。可以说，晏殊凭借着好心态、好才华和好运气为自己谋得一个好前程，也给后代创造了好的条件。

晏几道作为晏殊的小儿子，可谓天生富贵，含着金汤匙出生。又生得细腻多情，擅长"以奴仆命风月，与花鸟共忧乐"。他这一生，出生优渥，却将千金家财挥霍殆尽，只换得一段又一段刻骨铭心的感情，写进词中，刻入生命。

　　家境尚好时，他曾与好友沈廉叔、陈君龙为伴，流连于酒筵歌舞之间，与鸿、云、莲、蘋四位歌女度过了非常欢乐的时光。彼时的他们，正是青春年少意气风发的好年华，又都通音律，擅填词，酒至酣处，他便即兴填词，交给这些同样精通音律的美丽女子，演绎出许多缠绵悱恻的旋律。这样的岁月美如梦幻，这些时光都被他一一写入词中，成为封存于纸间的记忆。他写小莲梅蕊新妆，自成风韵；写小蘋一笑留春；也写小鸿、小云美目流转，眉眼弯弯……

　　那时的他沉醉在这样歌舞流连的欢乐中，父亲是朝中重臣，几个哥哥也都在朝中任事，所谓"背靠大树好乘凉"，作为小儿子的他自然受尽优待，万事都有父兄顶着。然而，随着晏殊的去世，他能够倚靠的大树倒了。几个兄长虽然也在朝中担任一官半职，却远远不能与父亲相比。少了父亲的倚仗，他们也无力再去养一个金尊玉贵的富贵闲人。退一万步说，晏殊去世时，小山早已过了弱冠之年，到了顶门立户的时候，几个哥哥更是早就成家立业有了各自的生活。即使他的哥哥们真的有这个能力，也没有义务像父亲那般宠着他。

　　而晏小山作为一个有才华的"官二代"，其清高自矜约莫已经到了病态的地步，待人接物显得过于随心所欲。当时的文坛巨擘苏轼想要通过黄庭坚的介绍，见一见这位才华横溢的小公子，晏几道却回应道："今日政事堂中半吾家旧客，亦未暇见也。"
晏殊作为两朝元老，当时的朝堂之上多半是他的门生故旧，苏轼
也是其中之一。若肯早些费心稍加打点，未必不能获得提携。然
而面对主动要求见面的苏轼，小山轻飘飘的一句"未暇见也"，
就让他碰了一鼻子灰。而此时已是元祐年间，其父晏殊早已离世
多年。

　　第一次看到这个故事，不禁觉得晏几道的傲气真是刻在了
骨子里。转念一想，又生出一点悲凉来——真是骄傲又单纯的人
啊。"今日政事堂中半吾家旧客"，话虽不错，但此时的他似乎
还不懂得"人走茶凉"的道理，语气里透着无法掩饰的骄矜。却
不想他口中"无暇见也"的家中旧客现如今大多是朝中显贵、文
坛名家，有多少人费尽心思求见一面而不得，而他的父亲早已故
去多年，又有多少人想要认识一个只会作诗填词的已故宰相的小
公子？

　　后来，处在生活的重压之下，晏几道也并非完全没有求助
过"家中旧客"。他曾满怀信心地将自己满意的词作辗转献给父
亲以前的门客韩维，这在他想来恐怕已是极低的姿态。得到的答
复却是"得新词盈卷，盖才有余而德不足者"。身在官场的人，
除了苏东坡这样的文学名流外，大约对他这点吟咏风月的才华颇
有些不屑一顾。而晏几道在此次碰壁之后，再也没有放下过他的

骄矜。

在这种极端的清高自矜中，他的日子逐渐不再鲜活。昔日的朋友们多作鸟兽散，好友陈君龙卧病在床，沈廉叔不幸去世，一起饮酒作乐的莲、鸿、蘋、云四位歌女也各奔天涯。其实，离开是最好的选择。晏小山的肩膀太过瘦弱，甚至扛不起对自己的责任，更遑论对他人。此时离开，至少将双方的记忆留在了"舞低杨柳楼心月，歌尽桃花扇底风"的快乐时光。他在《小山词》自序中写道："悲欢合离之事，如幻、如电、如昨梦前尘，但能掩卷忱然，感光阴之易迁，叹境缘之无实也。"

读晏几道的词，总会读到他借着酒劲，在词中所写的一个又一个瑰丽想象。梦中，他会回到多年以前的欢乐时光里。他会梦见小蘋歌舞于楼台之上，歌声绵邈，衣带飘飘。而他是她最忠实的观众。一杯酒在手，早已端至嘴边，却因为沉迷于她的歌声欣赏她的舞姿而久未饮下。衣袂飘举之间，她偶尔回眸，对上他的眼睛浅浅一笑，电光火石一般，刹那间熔了他的心。

然而，世间最残忍的事，莫过于在一个人对一切的美好都信以为真时，毫不犹豫地将这美好击破。再美丽的梦境都会醒来，再醇厚的美酒总会消散。回到现实生活，眼前的景象是"梦后楼台高锁，酒醒帘幕低垂"。转瞬间，春梦变成了春恨，犹如江水般滔滔而来，冲破了记忆的闸门。恍惚间仿佛回到了和小蘋初识的那天，她穿着绣有两重心字的罗衣，怀抱琵琶，续续而弹。那琴声里有种说不尽的相思意。只是，相思留不住时光，阻不了别离。现如今，明月依旧，人已天涯。

不知多少次的别离才有幸换得一次重逢。也许连老天都厌倦了别离的悲苦，终于让晏几道体会了一次重逢的喜悦。时过境迁，我们已无法考证这重逢的女子姓甚名谁，却不难知道，他们一定是知己，是故人，是无法相忘的痴情人。

多少年后再次相逢，她容颜已老，他也不再是当年丞相府中养尊处优的公子哥。遥想当年，她身着彩衣"殷勤捧玉钟"，他手持酒盏，面对美人献舞，心甘情愿醉得满脸通红。那一夜，她为他纵情舞蹈，直至无力扇动桃花扇；那一夜，他与她对酒欢歌，直到一轮明月下西楼。

记忆本身就是最好的酒，一旦沉醉，就不愿醒来。多少次，他回忆往事，沉溺其中，期盼着与她重逢。带着醉意入梦，真的见到了她，然而酒醒之后，面对的却是低垂的帘幕，空荡的楼台，才知道所谓的"重逢"，不过又是他的大梦一场。如今，终于因缘际会又与她相逢，千言万语不知从何说起，只能点亮银烛，细细端详她的面容，万千思绪尽在不言中。这一生，他已经经历过太多的别离和失去，深恐这次来之不易的重逢又是自己的一场美梦。

忽然想起欧阳修的一句词，"人生自是有情痴，此恨不关风与月"。晏几道一生执着于对感情的追忆，他的"恨"也大多和风月有关。每一段情事，都有一个华美的开场，也都免不了凄凉落幕。经年之后，所有的爱恨嗔痴怨，都化作了衣上酒痕诗里字，点点行行，总是凄凉。这点凄凉，也只有与诗酒为伴，方才显出了一点价值吧。

无论如何，作为晏殊之子，晏几道是叛逆的。他没有像几个兄长那样趁父亲还健在的时候，早早考取功名踏入官场，也不屑于借着父亲的关系精心打点，攀附他人，几乎将所有的才华都用在了吟风弄月上。然而，所有叛逆都需要付出代价。他似乎十分多情，也十分深情，但他的生活远不如父亲优游，有些潦倒，有些落魄，甚至有些狼狈，这样的生活显然无力负担他的情感。幸好，他几乎拒绝了父亲的一切，却独独留下了作词的才华。他怀揣着这唯一的财富，行走于风花雪月之中。用一支笔，编织着五彩斑斓的梦，留下了语浅意深的词。他的每一首词，都是一个深情的故事，一段唏嘘的情事，一种只可意会不可言传的心情。

抑郁而终情难弃，待到山花烂漫时·《钗头凤》
——（南宋）陆游

红酥手。黄滕酒。满城春色宫墙柳。

东风恶。欢情薄。一怀愁绪，几年离索。

错，错，错。

春如旧。人空瘦。泪痕红浥鲛绡透。

桃花落。闲池阁。山盟虽在，锦书难托。

莫，莫，莫。

　　十七岁那年，唐婉正式成了陆游的妻子。说起来，两家门第相当，知根知底，她与陆游又性情相投，早已认定了彼此，这桩姻缘仿佛是再合适不过了。

　　他们曾经也是这样以为的，却不成想，世事纷扰，这世间，不知有多少情深缘浅，有缘无分。

　　婚后不久，便到了科考的日子。依稀记得他曾经笑着与她说过，自己何其幸运，刚过了洞房花烛，转眼又将迎来金榜题名的喜悦。那时她笑着打趣他，如何这般自信，还没应考，就这样笃定自己会金榜题名了。

　　话虽这样说，但她从来都相信陆游的才华，也从来都相信，他有经世济民的雄心。

　　科考放榜那天，他踌躇满志，她也满怀期待。然而，那张新科进士榜上，并没有他的名字。

　　原以为，这场落第风波随着时间的流逝终究会成为过往，而且凭着陆游的才华，也迟早会有扬眉吐气的那一天。

　　然而，家中的气氛却逐渐微妙起来。

　　不知从何时起，婆婆看她的眼神总是带着些怨怼，对她说话的语气也不似之前的温婉和善，处处透着指责与不满。而她的夫君呢，他自然是疼爱她的，这一点她从不怀疑。但是，当那个对她不满的人变成了他的母亲，他对她的那些疼爱往往并不能帮她解决困境，反而会让他们都陷入左右为难的尴尬境地。

因为，他不仅深爱着他的妻子，也深爱着他的母亲。他想方设法想要平衡这两种爱，却无奈地发现，事情好像变得越来越糟糕。

在这样的局面中，她分明能够感受到，自己的枕边人一边安抚着她的情绪，告诉她自己会想办法处理好一切，他们会琴瑟和鸣，白头到老；一边又格外珍惜他们在一起相处的每分每秒，仿佛今天他们还能在一起，明天就可能会分开一样。

唐婉对这种变化感到无所适从。起初，她并不明白自己究竟做错了什么。她的婆婆并不是粗鄙蛮横的妇人，相反，她是出身名门的大家闺秀，知书达理。出嫁之前，父母还庆幸她嫁了户好人家，定不会遭到婆婆的无故刁难。新婚燕尔，婆婆也曾对她和颜悦色，百般照拂，却不知为何渐渐地变了样子。

她有心询问，可婆婆仿佛不愿与她多言一句，她去问自己的丈夫，得到的又多是回避的眼神和闪烁其词的言语。

不过，她也并未疑惑太久，很快，她便找到了答案。原来，自陆游上次落第后，婆婆便将他落第的缘由归结到了"耽于情爱，无心功名"上，而造成这种局面的，正是她这个整日与丈夫形影不离的妻子。

她其实是无意间听到他们母子间的谈话的，也终于明白了近些日子他的躲躲闪闪和语焉不详究竟是因为什么。

一开始，她是无法将这样毫无缘由的指责和疾言厉色的话语与这个出身名门又曾对她多有夸赞的妇人联系在一起的。后来想想，大抵世上绝大多数婆婆看到自己的儿子都会觉得千好百好，儿子的失误，也总会在不经意间变成妻子的错误。

她爱上了这个才华横溢的男子，正巧，他也爱上了她。在千万人之中，他们彼此相爱，结为夫妻。这是多么可遇而不可求的缘分。她不过是想在有限的光阴里抓住每一点时间与他好好相处，尽力去爱。没想到，她所以为的陪伴和关怀，在一个望子成龙的母亲眼里，竟然成了儿子仕途上的绊脚石。

原本想着，如果他们有了自己的孩子，婆婆便能看在孩子的份儿上对她宽容些，可不知怎地，他们越期盼什么，就越得不到什么。

就像陆游满怀希望想要考取功名，却偏偏落榜；现在，他们那样期待属于自己的孩子，却始终不能如愿。

她知道，这无疑是她的另一桩罪过。她的婆婆其实也盼望着能早日过上含饴弄孙的生活，更不止一次地用责备的语气说道："整日如胶似漆的，也不做正事。"

现在想想，这"正事"二字大约是一语双关，于陆游是说他无心举业，于她，则是指责她迟迟未能诞下一儿半女。

　　她与他的婚姻，彻底毁于一个尼姑的三言两语。

　　那日，她与婆婆去庵里祈福求签，好巧不巧，抽到了一支下下签。那解签的老尼竟说是家中的儿媳与儿子命中相克，如果非要强求姻缘，轻则会连累陆游仕途无望，重则性命难保。

　　之前，她的婆婆虽对她有诸多不满，却只是与她横眉冷对，到底维持着读书人家的一些体面，这微妙的平衡因为一支签，彻底被打破了。她从未见过婆婆那样暴怒与决绝，让她感到害怕。

　　"休妻"二字，终于当着全家上下的面，被摆到了明面上。

　　她的夫君还想做最后的挣扎，却在婆婆以死相逼时，马上选择了放弃。

　　那一瞬间，她心如死灰，却也有一种难得的轻松与释怀。就这样结束吧，多说无益。她心中其实是有怨的，她怨自己没能生下属于他们的孩子，怨婆婆因为莫须有的罪名对她处处苛责，也怨她的夫君，到底背弃了新婚时的海誓山盟。

　　可是，又能怎样呢？站在各自的角度，他们似乎又都没有错。她的婆婆也不过是以自己的方式保护儿子，她的夫君，也不过是不想背上"忤逆不孝"的罪名。

　　若是她的婆婆真有个三长两短，不仅她和陆游之间再无可能，她这一辈子，大概再也不会有平静安稳的日子了。连带着她的母家，也会因此受人指摘。

代价太大，不如就此放手。

她在这场婚变中实在无辜。好在，命运终究不忍待她太过残酷。与陆游分开后不久，唐婉也找到了自己的归宿——宋朝皇室后裔，赵士程。

说起来，赵士程自从识得唐婉后便对她倾慕不已，只是他出现得太迟了些。他与陆游本有些交情，认识唐婉时，她已嫁与陆游为妻，夫妻俩正值新婚，蜜里调油。这个叫赵士程的男人虽然对唐婉一见倾心，却也明白她已嫁为他人妇，不宜有太多纠缠，于是便迅速收拾心情，黯然退场。

也许，有时候"念念不忘，必有回响"也并非一句空话。至少对赵士程而言，这句话简直再合适不过。

他虽没有打扰过陆游与唐婉的生活，却也一直没有与其他女子喜结良缘。一来二去，竟等到了陆游休妻的消息。

以赵士程皇族后裔的身份，娶一个二嫁之女在当时算不得一件喜事，在一些达官贵人眼中甚至还有些"不太光彩"。可是，唐婉是他曾经一见倾心的女子，却又碍于身份不得不闭口不言。如今，最大的障碍已不复存在，别人的闲言碎语，和"娶她为妻"这件事比起来，又算什么呢？

离开陆游之后，她成了赵士程的妻子。她终究是有些幸运的，赵士程不顾世俗非议，以正妻之礼迎她进门，不曾因她是再嫁就在礼仪规制上委屈她半分。婚后更是对她体贴周到，无限温柔。

她在赵士程的尊重、体贴与无限的爱意中渐渐走出了上一段婚姻的阴影，与赵士程虽没有年少时那种海誓山盟天荒地老的热烈，却也逐渐体会到于平淡生活中相濡以沫，相夫教子的美好。

不知是巧合还是讽刺，她与陆游新婚时那般如胶似漆，日盼夜盼也没能等来属于他们的孩子，如今他们之间再无可能，再度婚嫁，却各自做了父母。这世上，果然不是谁离了谁就过不下去的。

她本以为，此生与陆游一别两宽，再不相见了。却不想在离开陆游之后的第八年，与他在沈园重逢。赵士程还是一如既往地温柔宽厚，甚至主动问她，是否需要和陆游单独聊一聊。

她本想开口让赵士程带她离开，事到如今，他们早已有了各自的家庭，往事已矣，还有什么好说的呢？正想着，只听赵士程轻声说："他过来了，我在凉亭中等你。"

这次重逢并非她所愿，作为她的夫君，他本可以站在她的身边，或者干脆拉着她离开，他的选择却是暂时退场，将这一方天地留给多年未见的旧情人。

时隔七年，没想到再次相见的时候，他们仅仅隔着一方石桌的距离，那么近，却又那么远。相顾无言。也许，过往的一切不要再提，才是对彼此最好的祝福。

没想到赵士程竟还让人送来了酒菜。她有些哑然，不知道是该感谢他如此体贴入微，还是该怨他太过大度宽容。看对面那人的脸色，想必也很吃惊吧。

最终，她向他说了句"慢用"，便转身离去。

后来，陆游便在沈园的墙壁上写下了流传千古的《钗头凤》。据说，一年之后唐婉再游沈园，看见了陆游的作品，便也在旁边写下一首《钗头凤》相和。不久之后便一病不起，抑郁而终。然而这阕词却不断被人怀疑并非唐婉所写，而是好事者有意假托。

私心里，我也并不希望她真的为此写过《钗头凤》。迟到的深情最是轻贱，当初既然决定放手，又何苦在偶然重逢的情况下将陈年旧事重提？唐婉又何苦在一年之后选择将自己的痛苦心伤暴露在众目睽睽之下？

如果唐婉真的在写下《钗头凤》不久后便抑郁而终，那么，更值得心疼的人似乎应该是那个在她最艰难的时刻娶了她、爱护她的赵士程。毕竟，她离世之后，赵士程从未再娶。

"生当复来归，死当长相思"·《祝英台近》

——（南宋）戴复古妻

惜多才，怜薄命，无计可留汝。

揉碎花笺，忍写断肠句。道傍杨柳依依，

千丝万缕，抵不住、一分愁绪。

如何诉。便教缘尽今生，此身已轻许。

捉月盟言，不是梦中语。后回君若重来，

不相忘处，把杯酒、浇奴坟土。

写下这首《祝英台近》的戴复古妻，史书上甚至没有留下属于她的名字。而"戴复古妻"这个头衔，对她来说，可能意味着一段夫妻恩爱的美好时光，但美好的背后，却是欺骗与荒唐。

她是武宁县富商的女儿，母亲早逝，从小被父亲捧在手心里长大。父亲只有她一个女儿，自然如珠如宝地宠着，她与父亲的感情也比许多大户人家的父女更亲近一些。

记得十岁那年，她在家中闲得无聊，闹着让父亲陪她去城东茶楼听说书先生说书。父亲自然不会驳了她的请求，便陪她来到茶楼。

那晚说书人并没说什么新鲜事儿，说的是汉代司马相如与卓文君私奔离家的事。这个故事其实她已经听了许多遍，早已没了往日的兴趣。一时间又有些后悔今日不该缠着父亲一同来此，怕他责怪自己整日里听这些乱七八糟的故事消磨时间。

她偷偷打量着父亲的神色，暗想着若是他真的生气了，要怎样撒娇认错才能糊弄过去。却发现父亲的脸上不但没有发怒的神色，反而望着台上的说书人，面露惆怅，不知想到了什么。

她正想开口说话，却听得父亲悠悠地对她说："再过几年你长大了，有了自己的情郎，怕不是也要像卓文君一样，有了情郎忘了爹。"

她年纪虽小，却也知道父亲这是舍不得她了。转念一想，她才十岁，哪里来的"情郎"？况且她虽淘气，该读的书、该学的活儿却一样都没落下，自然知道女儿家的婚姻大事讲究的是"父母之命，媒妁之言"，卓文君这种行为并不值得提倡，而且后来她还差点被抛弃了，也不见得有多圆满，她又为什么要学卓文君？

她笑着承诺，以后要嫁给什么样的夫君，一切都由父亲做主，当下便哄得父亲眉开眼笑。况且，她也相信，父亲经商多年，在为她挑选夫婿时，肯定更是千挑万选，慎之又慎，一定不会挑错。

之后的日子，如流水般匆匆过去，转眼便是六年的时光。她从闹着要去街上听说书的小女孩变成了亭亭玉立的少女。父亲这些年也多次提出是时候要替她寻门好的亲事。刚开始还带些调侃的语气，自她十五岁及笄之后就越发认真起来。还专门询问她十岁那年在茶楼中说的话还记得吗，还算不算数？

当年茶楼中的许诺她当然没有忘记，这些年，她也没有对府中来过的少年公子动过春心。既如此，就按之前说的，将终身大事交给父亲安排，倒也省去了许多烦恼。

大约是天下的父亲都觉得自己的女儿是最好的，父亲从她十五岁开始便筹划此事，选来选去选了一年有余，这才将他中意的女婿挑了出来。

他叫戴复古,是个尚未考取功名的书生。

她有些奇怪。原以为父亲会在一同经商的朋友家的公子里详加挑选,一来家世背景相当,二来也算比较熟悉,知根知底。却没想到,她的父亲突然告诉她,他看上的人是个一文不名的穷小子。

她曾问过,父亲到底看中了那人什么?父亲总是笑着说,他很不一样,和他之前见过的所有人都不一样。究竟是如何不一样呢?不久之后,父亲将那人请进家来,她毕竟是未出阁的女儿家,只能躲在屏风后面,悄悄看一眼父亲口中那个万里挑一与众不同的年轻人。

乍见他时,她只觉得书中所有形容男子的美好词句都是为他准备的。也许,那些还不够。她只觉得,他一袭白衣,身姿挺拔地站在那里,像一只清高优雅的鹤。

平日里她虽不怎么见陌生人,却多少见过一些前来拜访的客人的样子。父亲是城中数一数二的富商,言谈举止之间对父亲总多了些讨好之意。有些人连她的面都没见过,就能在父亲面前将她夸得天上有地下无的,只为讨父亲一个笑脸,看了让人恶心。

现下倒是完全反过来了。看得出父亲对他十分满意,言语间甚至透露出只有对着她才会有的关怀与慈爱来。他呢,虽有些惊讶,却始终都是淡然而得体地回应着父亲的热络,不慌张,不讨好，也没有对厅堂里价值不菲的陈设露出过半点艳羡或好奇的表情。

她想，这就是只属于读书人的骄傲和矜持吧。她大约知道卓文君当年和司马相如私奔时的心情了。卓文君被司马相如的琴声吸引，而她，也在片刻之间便爱上了他的清高和淡然。

她甚至觉得自己果然是上天眷顾的宠儿，她喜欢的男子，也是父亲看中的贤婿，这给她省了多少烦忧啊。

父亲果然提出有意让他做女婿，她只觉得他整个人陷入了难得的震惊中，甚至连脸色都变了。沉默半晌，他才低声回应说自己身无长物，不敢高攀。

她想，一定是他误以为父亲要让他做上门女婿，他便觉得伤了自尊；或者，他还没有见过她，误以为她是刁蛮任性的富家女，所以才在怔忪之下出言拒绝的。她要和他见一面才行。她是这样想的，也立刻这样做了——她假装失手，推倒了那面屏风。

四目相对的一刹那，她分明在他的眼睛里看到了惊喜。

她最终如愿以偿，成了他的妻子。她觉得，这大概就是传说中的一见钟情吧。他一定也是喜欢她的，不然不会在见她之后就接受了婚事，即使只是喜欢她的容貌也无妨，新婚之夜，他们已经有了山盟海誓的白首之约，足够让他慢慢了解她，爱上她，不止容貌。

他们的日子的确美满。她自然一心一意爱慕自己的夫君，他呢，也和她想象的一样体贴温柔。父亲本就对他赞不绝口，婚后更是将他视作若己出。他们不需要为柴米油盐而烦恼，春日踏青，夏天赏荷，秋天红叶题诗，冬日踏雪寻梅，一切都恰到好处，只除了他偶尔的恍惚与愁容。

原以为他是为功名未就而困扰，她便时常安慰他，以他的才华，总有一天会名闻天下。他听了，也只是笑笑。

她也曾疑惑过，成婚已有段日子，却没听他说过想要带她回家。却又觉得，这正是他对她的怜惜了，让她在父亲身边多留些日子。

终于，在成婚后的第三年，他开口说，要回家。

想到要离开父亲，她心中有些失落。不过，她也明白，这是为人妻应尽的责任。果然，父亲知道后虽然不舍，却也欣然同意让她跟夫君一起回家。

她开始着手收拾回家的行李，绞尽脑汁地思索着要给他的家人带哪些见面礼。她却从未想过，他是要回家，但不是和她一起。

原来，他早已成家立业，有了妻子，甚至还有两个孩子。

这对她而言，无疑是晴天霹雳。这是与她同床共枕三年的爱人，是她满心爱慕的对象，成婚时，她曾憧憬过与他白头偕老。

却不知，这三年的幸福时光，从头到尾都是眼前这个男子一手制造的骗局罢了。

她想要大哭，想要大闹，却发现，嗓子发不出声音，眼里流不出泪水。

父亲自然也知道了这件事。她从未见过父亲在她面前发那样大的火，像要把这个骗她的男人撕碎一般。盛怒之下，又要拉着他去见官。

他却只是站在那里，低着头，一言不发。一眼看去，他的身影却已不复三年前那样的清高傲岸了。

她终究还是不忍与自己倾心爱过的人对簿公堂，到底说服父亲将这件事交给她自己处理。原以为自己已经不会哭了，却又在面对父亲时肝肠寸断。

她决定放过他，也放了自己，亲手结束这段错误的感情。其实，她和父亲都是那样相信这个男人，如果他有心隐瞒，他们可能永远被蒙在鼓里。既然他选择将这一切说出，其实就已经做出了选择。还有什么好纠缠的呢？

这三年的时光，到底是一去不回。

临别前夜，她甚至拿出了自己的私房钱，给他当作回乡的盘缠。她虽然无法忍受这样的欺骗，却也始终不忍心看着眼前的男子在回乡的路上过于落魄，捉襟见肘。

他显然是惊讶的。他以为这个女子会哭闹，会挽留，会纠缠，会不舍。却不想，她虽然爱，却绝不强求，更不愿接受爱情中的施舍。甚至，她决定让他离开，也要顾及他最后的体面。

临别时，她写下了这首《祝英台近》。他以为这首词中记载的不过是她内心深处的幽怨，既然不想当面宣泄出来，写进词里，也是一种排遣的方式。

谁想到，在他离开后的某个月朗风清的夜晚，她竟真的走出家门，跳入水潭，结束了生命。

他背叛了他们的爱情，她以死殉之。

多年之后，他虽仕途不顺，却已然成了名满天下的诗人。也不知后来的他是否回过武宁，看见了属于她的一抔黄土，如她所言那般，在她面前洒下一杯清酒。

她的所作所为让人动容。后世许多文人听说了她的事迹，纷纷作诗填词，称颂她为"节妇"。

也许，用今天的目光看来，这样的选择太不值得，这样的纪念也太过于荒谬。可她也只是那个时代诸多女子的一个缩影罢了。

如果可以，谁不想要一生一世的爱情，谁有愿意被刻在牌匾上接受那无关痛痒的"歌颂"呢？

印象中，在大多数"痴情女子负心汉"的故事里，都是男子为了自己的仕途抛弃糟糠之妻，另娶富家贵女或官家小姐。之后原配妻子饱受身心折磨流离之苦，严重的甚至付出生命的代价。而富家小姐呢，往往凭借着自身家世的优势而成为故事中受伤害较小的一方。

其实，无论是贫是富，一旦在爱情中失去了主动权，面对负心汉的时候，谁有比谁好命呢？

丝竹相合惹枷锁，含恨归去千古芳·《怀古》

——（辽）萧观音

宫中只数赵家妆，败雨残云误汉王。

惟有知情一片月，曾窥飞燕入昭阳。

这首《怀古》，曾被定性为与人暗通款曲的情诗。而诗的作者，既不是刘禹锡、杜牧这样擅长写咏史怀古诗的著名诗人，也不是李清照那样的千古才女，而是辽国皇后——萧观音。

她是辽道宗耶律洪基的皇后，整个辽国尊贵而又特殊的存在。

辽国是由游牧民族契丹建立的王朝，与中原王朝崇尚诗书礼乐相比，他们更喜欢纵马草原，弯弓射雕。热播剧《燕云台》虽然被很多人批为"玛丽苏"，但剧中的女主人公萧燕燕在历史上确实是辽国巾帼不让须眉的女政治家。

其他的辽国女子虽不能个个和大名鼎鼎的萧太后相提并论，但作为草原女子，也应有不输男儿的豪迈，性格热烈如火，喜欢骑马射箭，英姿飒爽。

她却是个例外。

相比于草原女子普遍喜欢的骑马射箭，她更喜欢抚琴读诗、、绘画书法，对汉文化十分推崇。如果说草原女子大多热烈如骄阳，那么与她们相比，萧观音则更像一轮皎月，在辽国的天空中安静地发着与众不同的光。

正如萧燕燕一样，萧观音也出生在稳坐辽国历代皇后之位的萧氏一族，很小就被指婚给了耶律洪基，也就是日后的辽道宗。

她的人生，似乎早早就被完美地规划好，不费吹灰之力就可以成为整个国家最尊贵的女人。而她要做的，就是依照既定的规划，按部就班地走下去，在往后的日子里，充分学习如何做好一个贤惠的妻子、合格的皇后。

命运待她好像也不算太坏，给了她高贵的出身与温柔的个性，也给了她美丽的容貌和高雅的才情。加之她同辽道宗一起长大，青梅竹马，两人的感情自然非比寻常。

他们一起度过了两小无猜的青葱岁月。最为难得的是，作为皇帝，耶律洪基也雅好文学，对宋朝诗词文化颇有心得。他们不仅年纪相仿，而且志趣相投。这对帝王之家的婚姻而言，似乎是再好不过的事情了。

后来，他们顺利成婚。在夫妻恩爱温柔缱绻的岁月里，共同孕育着自己的孩子。再后来，耶律洪基成了辽道宗，萧观音被封为懿德皇后。一切顺理成章地进行着，即使他们成了真正的帝后，他逐渐有了自己的后宫，也依旧与她感情甚笃。

她还记得那年秋猎时的情景。她一向不擅此道，对围场观猎也无甚兴趣，本不想随行，他却半真半假地告诉她，贵为一国之母，应该时刻履行皇后的职责，时刻陪王伴驾。她心中一惊，生怕自己没有履行好皇后的职责，却又想起之前皇帝秋猎，也并非一定要皇后同行的。

那时，她心中微微有些不快。她的性格、爱好与很多草原上的女子不同，就是与同宗同族的之前几任皇后相比，也太过安静温柔了些。自从他当了皇帝，她便一直兢兢业业，不敢有丝毫放松，更不想让他为难。

可他呢，却好像一点也不体谅她似的，明知她不爱骑马射箭，皇上秋猎皇后也未必需要随行，还偏要以皇后的职责来压她，弄得她差点为莫须有的罪名自责起来。只是，她刚想同他据理力争申辩一番，却无意中对上他深情款款的眼眸，脑子忽然一顿，便什么也说不出来了。之后，她又听到他用温柔的声音在她耳边低喃："一起去吧。"

作为皇后，她不该违背皇上的旨意，作为妻子，她更无法拒绝他的邀请。

于是，她最终和他一起来到了伏虎林围猎。那一天，她其实是很开心的。她一直都知道自己的夫君文韬武略皆是顶尖，她虽没有参与骑射，但看到他骑着骏马在林中纵横驰骋，心中便觉得骄傲万分，豪情万丈。后来，他让她赋诗一首，她便乘兴吟出一首《伏虎林应制》，顿时让随行的大臣们赞叹不已。不过比起这些大臣的恭维之词，她更在意的是他的态度。

很明显，他也是十分满意的，更是当着众人的面夸奖她为"女中才子"，后来，这个称呼便在朝中传开，他也多次在她面前提及，每每听到，她便觉得脸颊发热。不过一首诗罢了，如何能担得起这般称赞！不过，她也是十分欣慰的，他对她的满意和赞美，无疑能在很大程度上缓解她心中的焦虑与不安。

然而，事情却没有如她想象的那样美好。她逐渐发现，耶律洪基好像越来越热衷于围猎，几乎到了痴迷的程度。他接二连三地邀请她一同去狩猎，仿佛只有这样，才能表明他骨子里流的是契丹的血，只有这样才能显示他的英武与果决。

这让她不快，也让她不安。她自己并不懂得田猎的乐趣，作为妻子，她害怕自己的夫君会在田猎的过程中意外受伤；作为皇后，她也不希望一国之君因为沉迷于骑马打猎而荒废朝政。

她本不欲明言，只是开始拒绝他的邀请，希望他能够懂得拒绝背后的深意。然而，她似乎高估了他们之间的默契。他对狩猎的兴趣丝毫没有减少，只是逐渐不再邀她同行。是啊，后宫佳丽众多，擅长骑射的女子也不在少数，他又何必次次在她这儿碰钉子？

她隐隐感到他对她的感情渐渐淡了下来。可是，她不仅是耶律洪基的妻子，更是大辽皇帝的皇后。思来想去，她决定以皇后的身份劝谏他莫要过分沉溺于游猎之中。

她知道这样的劝谏很可能惹他不快，却没想到，他会因此拂袖而去，并且在很长时间里都没有再次踏进她的寝宫。

她感到意外。在她看来，自己不过是做了一个皇后应该做的事情罢了。很快，这种意外在日日夜夜的等待与盼望中逐渐变成了忧伤和惶恐。

即使贵为一国之母，失去帝王宠爱的日子亦不好过。她原以为他们有青梅竹马的情谊，自然与一般帝后不同，却不想一朝惹怒君王，终究难逃对着一盏孤灯独坐到天明的命运。

她不知道自己应该如何面对这突如其来的失宠，思来想去，只有用平日里最擅长的诗词表达心声。她含着重重心事与无限悲苦写下十首《回心院》。内容很多，但每首词的结尾都明确地显露了她的心思："待君宴、待君王、待君寝、待君睡、待君觐、待君息、待君行、待君娱、待君听"，点点滴滴，字字句句，无非就是想让他知道，她在这里，盼他回心，等他转意。

好词当然要有好曲来配。她对音乐略懂一二，身边的婢女单登也是精通音律的女子，几番谱曲，却始终觉得少了些什么。这支曲子对她而言太过重要，她不得不千挑万选，思虑周全。

她想起了宫中最好的乐师赵惟一。以他的音乐造诣，必能给这十首《回心院》谱上最适合的曲子，传达出她的心意。

辽国毕竟不同于南边的宋朝，没有那样多的条条框框，对所谓的"男女大防"，也不像宋朝那样严防死守。

那段时间，她将所有精力都放在了给十首《回心院》谱曲的事情上，日日与乐师赵惟一丝竹相和。赵惟一果然是宫中最好的乐师，不多久便作出了令她十分满意的曲子。这让她对眼前这个年轻人的才华又高看了几分。

她以为只要辽道宗听到了这些曲子，就一定会明白她的心意。加上他们的儿子作为大辽的太子已经开始参与朝政有所作为，一切似乎都在向好的方向发展。

让萧观音始料未及的是，《回心院》的流传换来的并不是皇帝的回心转意，而是她和宫廷乐师赵惟一的闲言碎语。她费尽心思写成的《回心院》，被视为她和赵惟一暗通款曲，丝竹传情的证据。

她并不是前朝萧太后那样的女政治家，对宫廷政治的敏感度也十分迟钝。之前她屡次向皇帝进谏，不过是想做一个合格的皇后；如今她写了十首《回心院》，也不过是想挽回夫君的心。她甚至并不明白，事情如何会走到这般田地。

其实，这不过是前朝后宫联手给她制造的陷阱。她与皇上情意正浓时曾劝谏他不可过分放权于大臣，惹来了朝中权臣耶律乙辛的不满；加上太子参政，更有意进一步收拢耶律乙辛手中的权柄，更让他感受到自己面临的危机。而萧观音身边的侍女单登，又因为自己的音乐才能没有得到她的肯定而怀恨在心。

于是双方联手，暗暗织起了一张大网。可惜，网中之人并没有迅速意识到自身处境的艰难。

好在辽道宗毕竟还念着过往的夫妻情分，并没有因为捕风捉影的谣言而过分为难她。只是，皇后的寝殿，越来越像冷宫了。

但这对他们而言远远不够。一次不行，还有第二次。

耶律乙辛写下非常香艳的《十香词》让侍女单登献给皇后，假托是宋国皇后的作品。萧观音向来喜爱中原文化，失宠之后又日久无聊，便在侍女的怂恿下将《十香词》抄录一份，并在末尾写下《怀古》一诗相和。

她的才情最终化作了杀死自己的匕首。这样短短的几行字，被有心之人稍加编排，便又是一出"欲加之罪何患无辞"，更何况是预谋已久的耶律乙辛。

他将萧观音亲手抄录的《十香词》呈给辽道宗，一口咬定这是她写给赵惟一的淫词艳曲。如果说先前这个处心积虑的大臣还担心证据不足，那么萧观音自己便在无意间创造了最好的"证据"：最后一首《怀古》中，恰好含有"赵""惟""一"三个字。

当然牵强。若皇帝有心相护便不可能看不出其中的漏洞。奈何此时帝后感情日疏，作为皇帝也绝不能容忍自己的皇后不断和其他男子传出风言风语。漏洞百出变成了"铁证如山"。

萧观音从一国之母沦为阶下之囚。而负责审案的人，正是权臣耶律乙辛。得来全不费工夫。

辽国皇后，女中才子萧观音，三十六岁那年，命断《十香词》。

风骨嶙峋柳如是，一代奇女艳绝代·《江城子·忆梦》

——（明）柳如是

梦中本是伤心路。芙蓉泪，樱桃语。

满帘花片，都受人心误。

遮莫今宵风雨话，要他来，来得么。

安排无限销魂事。砑红笺，青绫被。

留他无计，去便随他去。

算来还有许多时，人近也，愁回处。

柳如是，"秦淮八艳"之一。

初闻这个名字，很容易让人想起辛弃疾的那句"我见青山多妩媚，料青山见我应如是"，很美。光听名字，便觉得是个美人。只可惜，美人沦落风尘，注定命途多舛。

柳如是的一生，经历过许多人，许多事，许多岔口，许多无奈。如果说"人生如梦"，大概从被卖进青楼的那一刻起，她的人生便注定了"梦中本是伤心路"的结局。

她被卖到青楼时年纪尚小，只能跟在当时的名妓徐佛身边，学习吴侬软语、琴棋书画。为的不是增长见识，丰富自己，而是取悦男子，抬高身价。

很快，她便成了同龄人中的佼佼者。花儿一样的年纪，便被当时的内阁学士兼礼部尚书周道登看中，买回家中做了侍女。不久之后，她便从侍女变成了侍妾。彼时，她不过十四五岁的年纪，而周道登，已年近花甲。

他们之间的年纪相差太多，甚至说是祖孙关系也不为过，实在难以让人产生任何关于爱情的美丽遐想。只是，她出身低微，无依无靠，自己也不过十几岁的年纪，在面对命运的安排时，连说"不"的机会都被悄声无息地剥夺了。

所幸，周道登好歹不是粗鄙无识之辈，对她亦百般照顾，如兄如父。周道登对她很是怜爱，最喜欢的事情，也是教她读书作画，写诗填词。只是，到底少了几分夫妻间的恩爱缱绻。

然而，在那样的大户人家，管你是如兄如父也好，情深意浓也罢，只要得到了夫君别样的关注，就极易遭人嫉妒。

可以说，依靠周道登的喜爱，她在周家的日子并不煎熬，但也在无形之中树敌颇多。这个男人虽不能给她热烈如火的爱情，却也是她在深宅大院中唯一的依靠。

这也注定了，周府不可能是她长久的安身之处。周道登去世之后，她很快受到府中其他妻妾的排挤，甚至污蔑她与府中下人有染，将她赶出府去。

当年，她因家境贫寒被卖入青楼，又因才貌出众而走出青楼，兜兜转转，多年之后，她悲哀地发现，自己依然身无长物，无家可归。旧时的女子，似乎只有嫁得良人和沦落风尘两条路可走。既然第一条已经不通，便只能选第二条了。

柳如是能在小小年纪，被大学士周道登一眼看中已是不俗，又在周道登的熏陶下于琴棋书画、笔墨文章之道愈加精进，见识气度也与一般欢场女子迥然有别。这样的她，在秦淮河畔的桨声灯影里声名远播也是迟早之事。年轻的女子，到底对爱情有些期盼。虽然她已经历过一段失败的婚姻，但那只因无论何种感情都无法超越生老病死。在周道登在世时，这个男人至少给了她足够的安稳，总好过一直四下飘零，无枝可栖。

只可惜，在众多流连于秦楼楚馆的文人士大夫看来，开在欢场里的花，好像本就该被众人观赏，而不该被一人珍藏。因此，赏花者虽络绎不绝，愿意一掷千金者亦不再少数，愿意将这朵名花移到自家花盆中精心呵护的，却并不常见。况且，柳如是并不是愿意将就的人，这其中，能得她青眼的更是难寻。

好在，难寻并不代表没有。在一场宴会上，柳如是认识了翩翩公子宋辕文。

她与他年龄相仿，她是秦淮名妓，他是当时著名的"云间三子"之一，双方对彼此的才名亦早有耳闻。

热闹的宴会中，她与他皆在彼此的眼中看到了自己。

宋辕文对柳如是倾慕已久，大约这种倾慕在见到佳人的庐山真面目后难得没有"见光死"，反而越发浓烈，浓烈到足以超越世俗的偏见。而此时的柳如是虽然有心从良，但也不再是当初那个心思单纯的小女子，终究存了一番试探的心思。

她为了试探宋辕文的诚心，曾在冬日的早晨邀其到白龙潭一见。及至宋辕文兴致勃勃前来赴约，她又故意避而不见，并让人传话："若是诚心一见，就请跳入水潭等候。"他真的义无反顾地跳入水中，反惹得她很是心疼，当下决定不再顾虑，存了非君不嫁的心思。

这番试探看起来有些不讲道理，又太过容易，生活中有太多事情，比泡几分钟冷水困难千倍万倍。

即使到了今日，婚姻也从来都不只是两个人的事情，而是两个家庭的结合。宋辕文可以不在意柳如是的身份，却并不代表他的家庭也可以。

接下来的故事，老套，狗血，但无比现实。他的母亲不同意自己的儿子娶这样一位风尘女子败坏门风，毫不留情棒打鸳鸯。

他有跳入水潭的勇气，却没有反抗长辈的决心。或许，当初他跳水的时候就已确定，她必会不忍，但面对顽固的母亲，他毫无把握。他们的缘分，也就此断了。

屋漏偏逢连夜雨。不久之后，她所在的地区颁发娼女驱逐令，如果不能择木而栖，便只能选择离开。她走的那天，宋辕文亦去送行。

她见他分明有留恋不舍之意，便还存了几分希望，望他挽留，望他筹谋。然而，所有的希望，在听到那句"你且先去别处避避"之后，轰然倒塌。

她最终离开了伤心地，开始了新的生活。让她再次动心的人，叫陈子龙。

陈子龙论学识文采并不输于宋辕文，亦是"云间三子"之一，当年那场宴会，陈子龙也是席间宾客，年龄较宋辕文长十岁。

许是当年执着于与年龄相仿的少年郎谈一场真挚而热烈的恋爱,她的眼中除了年轻的宋辕文便再无他人。如今再遇陈子龙,方觉其踏实、稳重,渐渐温暖了她孤独飘零的心。

据说,他们曾经度过一段美好的日子,她亦生出了托付终身的心思。大约柳如是心中始终存着一份传统与清高,比起鱼玄机那样情愿在感情失败后用余生追求自由的女子,她始终渴望过上"正常女子"的人生。

然而,命运再一次与她开了个玩笑。她与陈子龙相知相许时,陈子龙并不年轻,家中已有妻子张氏。张氏并非善妒的强势女子,也曾主动给丈夫纳妾。但柳如是的身份,又一次成了她感情路上的绊脚石。张氏作为大家闺秀,不是不能容忍丈夫纳妾,只是不能接受与一个风尘女子共侍一夫。

可能世间绝大多数男子都是这样,他们可以爱上一个人,却很少有人会为了这份爱而彻底改变自己原先的生活方式和生活轨迹。就像宋辕文不愿意与父母抗争,陈子龙并不想和妻子反目。

旧时代的女子的命运也都差不多,一旦沦落风尘,不论当初是否自愿,不管如何清高自持,都免不了被打上"娼女"的烙印,永世不得翻身。而在她们身上踏一只脚的,除了那些拿她们当玩物又自诩"风流"的恶俗男子,亦不乏命运稍好的良家女子。大约身为女子不论良家还是娼家，生活皆是艰难，又因必须依附男子生活而无法公然与其抗衡，这才生出了许多"女人为难女人"的悲剧来，想来让人无限唏嘘。

她只有选择再次离开。这一次，她遇到的是一代文宗钱谦益。

她与他相遇时，钱谦益已是当时文坛举足轻重的人物，其学识绝不在宋、陈二人之下。老天终于厚待于她一次。这次，没有婆婆的阻碍，没有正妻的干扰。对柳如是而言，大约是最大的扬眉吐气。

钱谦益以文坛巨擘的身份用这样正式的规格娶一位艳名远播的青楼女子，是极易受人指摘的，史书中亦不会多作记载。倒是电影《柳如是》里的这一段，令人印象深刻。

他迎娶她时，用彩船将她从青楼中接出。岸上观礼的人群并没有微笑祝福，而是议论纷纷，指指点点，甚至有人公然辱骂，朝他们扔菜叶子。在一片骂声中，她问他：

"你不怕我出身青楼，辱没门楣？"

"你不怕庭院深深，家族是非？"

"你不怕世道艰险，人言可畏？"

他握着她的手，答了三次："不怕。"

巧合的是，这一年柳如是二十三岁，钱谦益年逾花甲。她终究无缘与年龄相仿的人共度一生，好在，钱谦益给了她从未有过的尊重。大约也是因为这份勇气和尊重，让柳如是对他虽然少了几分热烈的爱慕，却也多了一些相濡以沫的夫妻情意。

他们相逢于明清易代时期。明朝正式灭亡时，她想同他一起跳河以身殉国，却被钱谦益以"水太凉"为由拒绝，最终自己也放弃了跳河的计划。

私以为，以身殉国固然可敬可佩，但由明入清，说到底也只是改朝换代，并没有亡国灭种。钱谦益或许有些懦弱，贪生怕死，却也算不上"大节有亏"。

后来，钱谦益到底因为与反清人士有往来而被捕入狱，又是柳如是四处奔走，营救夫君。

比起最初的周道登，柳如是与钱谦益虽然也是红颜对白发，却终于有了夫妻间的相扶相协。只是，随着钱谦益的去世，历史再次重演。亲戚宗族纷纷威逼她交出财产，自动离去。

这一次，她没有离开，而是选择了三尺白绫。

回首柳如是这一生，大多数时候都辗转飘零，身不由己。但是，她遇到过她爱的，也遇到过爱他的。纵使人世几多伤心路，也到底不枉此生。

家道中落靓秦淮，良家九年终祥逝·《与冒辟疆》

——（明）董小宛

事急投君险遭凶，此生难期与君逢。

肠虽已断情未了，生不相从死相从。

红颜自古嗟薄命，青史谁人鉴曲衷。

拼得一命酬知己，追伍波臣做鬼雄。

同样位列"秦淮八艳"，柳如是有钱谦益珍之重之，陈圆圆有吴三桂为她冲冠一怒，而董小宛遇到冒辟疆，大约正是应了张爱玲的那句名言："遇见你，我变得很低很低，低到尘埃里。"

后来，她对冒辟疆的爱情也确实从尘埃里开出一朵并不好看的花来。

她的原名，叫董白。据说，她的父母十分恩爱，"白"是她母亲的姓氏。

原本，她也应该是衣食不愁的富家小姐。父亲是当地商人，家境殷实。母亲温婉贤惠，又通晓诗书。她很小的时候，便跟随母亲读书认字，又学习琴棋书画、针线女红。

后来，她在风月场所艳名远播时，更有"针神曲圣"的美名。可见，她绝不是徒有其表的花架子。

如果不是父亲在她十三岁那年不幸亡故，她的人生可能真的会一直幸福美满下去，

只可惜，天不遂人愿。她是家中的独生女儿，父亲去世后，家中生意便交给管家打理。她的母亲也因为这场变故日渐憔悴，迅速衰弱下去。

她们到底是养在家中的夫人小姐，与外面的世界接触太少，对生意场上的事情更是一窍不通。等她的母亲想起来要换一间小

一点的宅子，另居他处节省开支时，管家早已遍寻不见，将账面上的钱全部带走，甚至还欠下了不少债务。

她的母亲本就是性格柔婉的妇人，又疾病缠身，面对这样的打击几乎一病不起。

生活的重担，几乎是突如其来地压在了十几岁的董白肩头。

那样的世道，十几岁的姑娘，带着重病在身的老母，又能做什么呢？

于是，养在深闺的富家小姐董白，变成了秦淮河畔大名鼎鼎的名妓董小宛。

凭借她独树一帜的气质和做闺中女儿时积累下的才艺，她居然也成了风月场所的名人，成了金陵城中多少公子王孙富商大贾争相求见的对象。这群人里，自然包括后来让董小宛把自己放得很低很低，低到尘埃里去的冒辟疆。

他们初遇那年，她十六岁，正是女子最好的年华。

彼时，她盛名在外，每日前来拜访的达官贵人数不胜数。她却清楚地知道，这些人貌似个个都愿意为她一掷千金，却没有人是动了真心真情的。她这样的女子，不过是这群王孙公子心中的玩物罢了。如今的花团锦簇，也只是这群人图个新鲜，于她来说却终非长久之计。

当年还是富贵人家的小姐时，她也曾偷偷想象过再过几年嫁得良人，像父母一样，过起恩爱甜蜜的日子，可如今身在欢场，要觅得良人又谈何容易？

冒辟疆便在这时正式出现在她的生命里。那时的他还是到金陵准备参加乡试的举子，"董小宛"这个名字传遍金陵城，早已在他心中生了根。

那是一个冬日的午后，阳光正好，却好像被凛冽的寒风吹散了温度似的，明明照在人身上，却感觉不到丝毫暖意，寒冷之余只会让人觉得睁不开眼。

她在这样的日子里染了风寒，于是闭门谢客，只管在房中午睡。平日里她也有由着性子不愿见客的时候，但鸨母将她视作摇钱树，自然愿意顺着她的脾气来，说不见客也绝不勉强。

那天却是例外。鸨母明知她偶感风寒需要休息，却好说歹说非要她梳洗打扮，去见一见楼下的公子。说这位公子是如今有名的才子，已慕名拜访多次，却次次来得不巧，未曾有缘与她相见。

她有些烦躁。她自然知晓鸨母的话大多时候是信不得的，她知晓自己略通文墨，便多次被鸨母用才子的名头诓出去应酬，但大多时候，那些人不过是有些钱财附庸风雅罢了。

于是她未施粉黛，随意裹了件大氅便出了房间。

之后，她便见到了冒辟疆。她并未下楼，只站在楼上看着他。他显然听到了动静，转过身来与她对视。

她心中是有些惊讶的。这人和自己想象中附庸风雅的纨绔子弟全然不同，穿戴不俗，站在那里自有一种淡淡的书卷气。看向她时也没有或讨好或油滑的笑容，眉宇之间是掩饰不住的惊讶。

她微微有些后悔，应该稍加修饰再出门见客的。即便如此，她也并没有多说什么，只是懒懒地站在楼梯上等他开口。原以为他会希望她下楼一会，却不想，他开口便是："冬日严寒，姑娘既身体不适，还是早些歇息吧，在下得见姑娘一面，心愿已了。"

倒是体贴。她想，这样的地方，难得碰到这么温柔的人啊！

他们的初见，便这样匆匆落幕。后来，冒辟疆在回忆录中说起这段往事，回忆自己当时的想法，说的是："余惊爱之。"

后来，她因为不喜逢迎得罪了城中权贵。好在这些年也有了不少积蓄，便暂时带着母亲移居苏州。

每日慕名而来的人依旧不少，她也并不排斥与自己看得上的人交游往来。只是，心中总会不由自主地想起秦淮河畔那个冬日的午后，那个叫冒辟疆的男子。

移居苏州之后，冒辟疆仍来找过她。可惜当时她正与钱谦益结伴同游，二人就此错过。

倒是她的母亲白氏见到了这个温文尔雅的年轻人，对他赞不绝口。与她说起时，言语之间更是透露出希望她能与这样的男子托付终身，日后也好有个依靠。

知道冒辟疆来过，她心中有些欢喜，也有些失望。罢了，若他真的有心，总会再来的。

许久之后，冒辟疆再度登门时，董小宛母亲病逝，她自己也尚在病中。

那日，她带着满面倦容见到了前来拜访的他，明明是飘着小雨的夜晚，却又让她想起那个冬日里的阳光来。他果然有心。

他果然和记忆中一样温柔。对她嘘寒问暖，见她不肯吃药，更是耐着性子好言相劝。大约病中的人总是脆弱的。他其实只是坐在那里，对她说了几句关心的话，她却感觉十分熨帖，只觉得想要紧紧抓住久违的温暖。

冒辟疆走后，她躺在榻上，昏昏沉沉中又想起母亲那时对他的夸赞来，当下便下定决心，托付终身。

可惜，董小宛不知道的是，冒辟疆的这次拜访其实并非"有心"，而是"失意"。这"失意"倒不是因为乡试未中，而是偶然结识了那个日后影响历史进程的陈圆圆，当下便惊为天人，多次与她交往，一来二去甚至有了白首之约。可惜因家中有事，他不得不赶回老家。等他再次回来时，陈圆圆已被当朝权贵田弘遇抢了去。

　　他虽也是官宦子弟，却绝不敢和国丈田弘遇抢人，只好就此作罢。失望之下，他才又想起还有个叫董小宛的女子。

　　往后的日子，董小宛既已存了非君不嫁的心思，自然对心上人百般温存，万般体贴。冒辟疆的热情却渐渐冷了下来。

　　一来，"余惊爱之"到底比不过"惊为天人"，更重要的是，他已经知道，董小宛身后还欠着债。

　　如若真的给她名分，这个代价也未免太大了些。

　　他回乡的时候，她本想收拾行李与他一同回去，谁知冒辟疆百般推诿：家中事务繁忙，自己功业未就，就这样贸然带她回家，他一时也拿不出足够的银两替她还债、赎身。

　　这些年的欢场生涯，她当然听得出他话中的推诿与拒绝，却到底还存着许多希望。毕竟，他还答应，来年再到金陵乡试时自会到苏州与她小聚。

　　这次，她只能当个送行人。这一送，便送了一个月。分别时，她依依不舍地看着冒辟疆远去的背影，只觉得满心凄凉。

　　他到底未曾守约。直到来年乡试结束，他也未前往苏州。倒是董小宛自己耐不住相思情切，自己收拾包裹赶往金陵，找到了冒辟疆。

　　她急于向他倾诉这一路的艰难险阻，向他剖白她的一片真心，却看不到他眼中的半分情意。

　　他的同窗好友们倒是颇为感动，有心撮合。他们拿出一只骰子掷了六个点，半真半假地说着，六是大吉之数，可见他们是天定姻缘。

　　她心中安慰，却听冒辟疆说："婚姻大事，不能太过草率，还是先回苏州再做打算。"

　　她不得不回到苏州，万念俱灰。

　　冒辟疆也因此受到了好友的指责，却始终没有再见董小宛的念头。倒是钱谦益得知此事，慷慨解囊，帮董小宛还了债，赎了身。之后又将她送到冒辟疆身边。一来钱谦益与董小宛有同游之谊，冒辟疆也是他赏识的后辈。二来，早年间，董小宛与柳如是交情不浅。

　　乍见到她时，冒辟疆甚至不敢将这一切告诉家中的母亲和妻子，可惜实在无法推脱，才将这段缘分向家人和盘托出。

　　千辛万苦，董小宛也算得偿所愿，成了冒辟疆的妾室。

　　她早就知道，冒辟疆家有妻儿，老母在堂。可是，那又怎样呢？她只求，有一个属于自己的家罢了。

　　在冒家的日子，她没表现出半点风尘气息，体贴夫君，侍奉婆母，尊重夫人，更是协助正室打理家务，抚育孩子。

　　冒辟疆的母亲与妻子对这个出身风尘的女子赞不绝口。与不甚关心她的夫君相比，那位本来最可能处处刁难她的正室夫人，倒是给了她许多关怀。想来也是讽刺。

即使如此，她依旧用自己的情趣与智慧将自己该做的一切做到最好。以至于后来董小宛病逝，冒辟疆才在回忆录中写道："她去世后，我才惊觉自己一生的好运气，都用完了。"

是的，嫁入冒家后，她并未过上几天好日子。明朝气数将尽，局势动荡不安，冒辟疆也不得不带着妻儿老小，辗转避祸。

后来，他在辗转惊惧中病倒，又是董小宛衣不解带，照顾周全。只可惜，他的病好了，她却倒下了。这一倒，便再没站起来。

她的生命停在了二十七岁那年，而好运散尽的冒辟疆，则有八十二岁高寿。

回首董小宛的一生，到底也算是求仁得仁。只是在今天看来，未免太卑微了些。不知如果可以重来一次，她是否还愿意拼尽全力奔向一个叫冒辟疆的男子。

青春十八怨疾逝，遗诗独唱孤单人·《怨》

——（明）冯小青

新妆竟与画图争，知是昭阳第几名？

瘦影自临春水照，卿须怜我我怜卿。

其实，她不过是明朝一户普通人家的普通侍妾。像她这样的女子，大多会被淹没在历史的烟尘之中。

她却因为一句"瘦影自临春水照，卿须怜我我怜卿"而受到关注。原因无他，后人多认为她爱恋自己的影子，有明显的"自恋情结"。

说到底，也不过是深宅大院中，渴望爱情、渴望理解的可怜人罢了。

她其实是个出身普通，但天资聪慧的女子。

十岁那年，偶遇一老尼，那老尼在她面前口诵《心经》，不料她只听过一遍，却能完整背诵，一字不差。老尼惊讶不已，对其家人说，此女早慧福薄，若想一世平安，就该早早皈依佛门，或者一生不读诗书，做个目不识丁的乡野妇人，也可保三十年性命无虞。否则，只怕过于聪慧，必将早逝。

她的家庭虽不是名门贵族，却也是能够识文断字的，见女儿这般聪慧，自然喜笑颜开，又如何肯让她常伴青灯古佛，或是做大字不识的妇人？便对她满怀期待，悉心教导。

仔细想想，即使到了今天，女性的生活也不见得十分容易。在当初那个时代，身为女子，满腹诗书也好，目不识丁也罢，生活大多是坎坷艰难的。

李清照作为出身富足的"千古第一才女"，与赵明诚门当户对，情投意合，也难逃丈夫纳妾、颠沛流离、一生无子、晚年孤苦的悲惨命运，更遑论出身普通的冯小青？

果然，后来冯小青家境败落，十六岁时，被卖给冯生做妾。

旧时代的女子，似乎只有"婚姻"这一条正途。即使是唯一的"正途"，也未必平坦。

更多的时候，很多普通人家的女儿大多像冯小青一样，日子平顺时还好，一旦家中遭遇变故，就会沦为父母亲族眼中的货物，被随意发卖到某个有钱人家，换得一笔资产帮助家庭渡过难关。之后的日子，是福是祸，便与原先的家庭再无关系了。

写到这里，突然想到生活中的一句俗话，"嫁出去的女儿泼出去的水"，乍听起来毫无道理，细想也不难理解。千百年前便是如此，虽有失偏颇，但思维定式已然形成，一时难改罢了。

嫁人当真是古时女子的第二次投胎。可惜的是，冯小青运气太差，所嫁非人。

书中记载，她的丈夫冯生"性嘈喷，憨跳不韵"。一眼看上去，都不是什么好词。大意就是性格不好，文化不高。却偏偏有钱。

当然，最重要的是，小青是妾。冯生的家中已有妻子，而正室，并不是宽容和善的人。

　　为人妾室之后，她才在日复一日的煎熬中逐渐明白：女人为难起女人，才最可怕。

　　她其实是理解夫人的怒火的。虽然她对冯生并无爱慕之情，却也十分了解普天之下没有哪个女子会心甘情愿地与别人分享一个丈夫。想要独霸丈夫的爱其实无可厚非，只不过，从丈夫纳妾的那天开始，这份爱其实就已经不完整了。很多时候，夫人对她的大骂与羞辱不过是用另一种方式安慰自己也提醒她，只有正妻才是这个家的女主人，而侍妾不过是家中买来的玩物罢了。

　　起初，她以为凭自己的聪慧，一定会在日后的相处过程中慢慢了解夫人的喜好，找到与夫人和睦相处的办法。她其实并不想要丈夫的宠爱，甚至并不奢求此生能拥有属于自己的孩子，只求平平安安，了此残生便好。

　　却连这，都变成了奢望。冯生交际颇广，常常外出，家中事务多由妻子打理。有时候，若是一个人对另一个人的恨意生了根，在他眼中，对方便连呼吸都是错。

　　其实，冯家的大夫人也并非野蛮粗鄙的女子。那日，她同夫人一起去寺庙拜佛，那寺庙远在山郊，香火却十分旺盛，她们去的那日，寺中礼佛之人不少，远远便能听到和尚的诵经之声和浓浓的香烛气息。

走进寺庙，果然看到许多人正在排队，进香祈福。那天夫人的心情似乎还算不错，开口竟不是斥责的语气，而是装作无意地问她："为何这寺中会有这么多人前来礼佛？"她微微一怔，一时间竟不知这话中是否另有深意。又看到夫人面露不耐，只好稍加思索后便回答道："是因为佛祖慈悲。"

说完便屏气凝神，等待着之后的发落。想象中的羞辱或责打都没有到来。她略微松了一口气，却又听得对面传来一声不屑的嗤笑，果然，夫人开口便反问道："你的意思，是我应该对你慈悲一些？"

她一时之间竟不知该如何回答。起初她不过是怕她恼火才想出这样的答案简单应付，她却理解出这样的弦外之音来，却也恰好说中了她来到冯家后最大的心愿。大约因为同是女子，夫人其实是可以了解她的想法和心意的。

只不过，了解她是一回事，能不能满足她的夙愿，却是另外一回事了。她原本对自己很有信心，而今却逐渐明白，有些愿望，可能穷尽一生都实现不了。

不知是不是正室夫人实在看厌了她的这张脸，又或者那次礼佛之后她终于发了慈悲之心，不久之后，她便让冯生另外买了所宅院，让她搬出冯家，独居别院。往后的日子，冯生也很少到这方小院中来。大部分时候，这院中都只有她和当初冯生留下来负责日常洒扫的老妇。

这样的日子，在很多人看来都难免太过孤寂。但这种孤寂的生活相比之前寄人篱下仰人鼻息，一不小心就要受到一番侮辱打骂的日子，简直就是一种可遇不可求的恩赐。

院中的老妇不通诗书，年纪上又与她相差太多，实在聊不到一起。一个人的时候，她最常做的事情莫过于灯下闲读，而她最喜欢的书，便是那本汤显祖的《牡丹亭》。

大约是她内心清楚，自己这一生，恐怕终将与爱情无缘了。但说到底，哪个女孩心中没有期望过美好浪漫的爱情？现实中注定缺失的东西，只能从书中的故事里得到补偿。

纵然此生多艰，她也依然愿意相信，普天之下，一定会有能够超越生死的爱情。妄想也好，痴念也罢，这样的故事，总还可以让她的生活多一些色彩和希望。

知道这方小院的人不多，除了冯家夫妇之外，还有一位冯家夫人的远亲杨氏，她也是除了冯生之外，唯一会主动到这里来看她的人。

初识的时候，她与杨氏便相谈甚欢。在这种冰冷的日子里，她太需要有一个可以说话的知己了。那时，她并不知道眼前的杨氏是冯夫人的远亲，得知真相时也暗自惊惧了很久。好在杨氏对冯夫人的做派早已不满，两家在多年之前就很少往来，这才让她渐渐卸下防备，将她看作唯一的至交好友。

杨氏是个热心肠的女子，得知她在冯家的遭遇后曾不止一次与她说过冯家绝不是可以安身之地，愿意想办法帮助她逃离苦海。天大地大，她还那样年轻，往后的悠悠岁月里，总会遇到属于自己的良人。

她知这是杨氏作为知心好友的一番好意。夜深人静时，每每想起杨氏的这番话来也不是从未心动过。但这些年在冯家日日煎熬的日子，实在让她对现实生活中的男女之情有些畏惧。

就算真的离开冯家，她也不过是身无长物的一介女流，如果不再另嫁他人，往后的日子又靠什么过活呢？若是真的另觅良人，以她这样的再嫁之身，又有多少人愿意与她结缘？就算真的找到了，又如何知道他不会成为第二个冯生？

她终究是怕了，怕自己才出虎穴，又入狼窝。

所幸，断了那些不切实际的念想。如今的小院中，大多数时候都只有自己和老妇两人，日子过得倒也轻松自在，又何苦将自己的生活投入另一段未知前路的感情里？

几番推心置腹之后，杨氏倒也顺了她的意思，没有再做强求。只是不久之后，杨氏举家搬迁，她到底连唯一的朋友也渐渐失去了联系。

　　杨氏离开之后，她的生活越发单调孤独了。实在想要说话时，便走到院中的池塘边与自己的倒影吟一首诗，说几句话。有时候转过身来，便能看到角落里的老妇看向她的眼神中透着疑惑和惊恐。不久之后竟听得街上传言这方小院中住着一位疯妇，顿觉可悲又可笑。

　　不过是，排遣寂寞罢了。

　　后来，她生了重病，一病不起。冯夫人听说之后，竟派人找了大夫，开了药方。这前所未有的关爱让她毛骨悚然。看着眼前黑乎乎的药汤，她也不知从哪里生出了力气和胆子，竟一把将那药碗掀翻在地。

　　她并不想知道夫人的用意，也不想弄清楚这碗里究竟是药还是毒。行将就木之时，她只想顺从自己的内心，拒绝夫人的一切要求。

　　这一辈子，她活得小心翼翼，逆来顺受，将死之时，终于鼓起勇气，完成了一次反抗。

　　她临去前，托老妇找来画师，又精心打扮一番，让画师画出自己最美的样子。之后又在老妇不解的眼神中将精心绘制的画作烧毁，做完这一切，便撒手人寰。

　　那一年，她不过刚满十八岁。

　　《牡丹亭》里的杜丽娘，能够和柳梦梅经历一段跨越生死的爱情，而酷爱《牡丹亭》的冯小青，自始至终未能拥有她的情郎。或许，她曾经是有机会的，但她最终选择了放弃。

对她而言，如果在另一个世界里依然没有找到自己的爱人，那么如果能足够爱自己，也是好的。

呜咽呢喃不舍情，离别戚戚莫忘卿·《凤凰台上忆吹箫·寸寸微云》

——（清）贺双卿

寸寸微云，丝丝残照，有无明灭难消。

正断魂魂断，闪闪摇摇。

望望山山水水，人去去，隐隐迢迢。

从今后，酸酸楚楚，只似今宵。

青遥。问天不应，看小小双卿，

袅袅无聊。更见谁谁见，谁痛花娇？

谁望欢欢喜喜，偷素粉，写写描描？

谁还管，生生世世，夜夜朝朝。

　　她被誉为"清代第一女词人"，甚至有人认为她在这首《凤凰台上忆吹箫》中运用的叠词堪称"神通广大"，就算是李清照看了，也应该自愧不如。

　　与李清照不同的是，这位名叫贺双卿的女子，只是个出身普通的村妇。她的才情在清代闭塞的乡村里一文不值，她的命运，也没有因为读书而发生丝毫的改变。

　　她出生于一户普通的农家，父母都是再普通不过的农民。那样的年代，出生在这样的家庭里，她的命运好像从出生开始，就能一眼看到头：被父母拉扯着长到可以干活的年纪，帮着父母料理家务，照看弟妹，再大一些，听从父母的意思找个庄稼汉成亲，伺候丈夫，侍奉公婆，早日生下孩子，重复她母亲的生活。

　　其实，她的一生大部分时候都在这条既定的路上前行。只是，中间出现了一点插曲。

　　她的舅舅是附近唯一的教书先生，家中条件稍好的人家便会将孩子送到她舅舅家中学习。

　　当然，这是男孩子的特权。读书这种事，在那个时代，从来都和普通人家的女儿无关。

　　偏偏年幼的贺双卿随母亲到舅舅家拜访，正巧听见了朗朗的读书声，从此一发不可收。

　　她是那样喜欢读书，明明自己并不认识几个字，却能将舅舅所讲授的内容记得分毫不差，比私塾里的许多男孩子要强得多。

　　这样的才华让舅舅惊叹，却让母亲忧心。她三番五次地恳求父母让她跟着舅舅读书学习，

　　父亲本来坚决反对，好在舅舅答应免费教她读书认字，几番思量下，父亲终于松了口。母亲虽也不赞同她去读书，却从不违逆父亲的意思，便也不再阻止。只是每每看她在家中读书时，便会反复叮咛：读书识字是男孩子的事，女儿家不应该把日子浪费在写写画画上，学会操持家务，早日成亲生子才是正经事。

　　她知道母亲说这些是为她好，她也从来没有忘记身为女子的本分。洗衣、做饭、洒扫、女红这些姑娘家该做的事情，她总是尽力做到最好。可是，村子里那些妇人和许多年纪与她相仿的姑娘每每看见她蹲在墙边读书，总会发出若有若无的嗤笑声，有的甚至还会朝院子里喊上一句："哟，贺家可了不得，这是要出女秀才呢！"

　　她不明白，她只是把她们用来闲聊的时间用来读书罢了，如何就会引来这样多的嘲讽？

　　后来，她的舅舅离开了村子，她却没有放弃自己的爱好，凭着天赋与努力学习作诗填词，倒也写下了很多作品。

　　日子一天天过去，她终究到了要嫁人的年纪。私心里，她很

希望自己能嫁给舅舅那样的读书人。至少，他会肯定她的才华，理解她的情感，会用抑扬顿挫的口吻和她一起读诗，用温柔的声音点评她的作品。

可是，婚姻从来都是讲究门当户对的。她家本就不富裕，这些年父亲病逝，母亲又积劳成疾，常年药不离手。而她早年沉迷诗书，没少受同村人奚落，近些年更有人议论她长得虽然好看，但身材小巧，没有力气，中看不中用。这样的情况，想要嫁到家境殷实的读书人家无疑难上加难。更何况，作为女儿家，婚事自然要听从父母之命，媒妁之言，哪有自己插嘴的道理？

最终，她在叔父的安排下，嫁给了邻村的周大旺，聘礼是三石谷子。而这场婚姻，便是她悲剧命运的开始。

周大旺和她一样家境贫寒，父亲早逝，和母亲相依为命。然而，与她所期盼的如意郎君完全相反，他大字不识，脾气火爆，乡里乡亲几乎没有人愿意和他多打交道。所幸他身材壮实，有把子力气，靠给村里的富户种田为生，日子也算勉强能过。

只是，那三石谷子已是他能拿出的所有积蓄，她嫁进周家那日，迎接她的不是喜气洋洋的婚礼，而是家徒四壁的房子，和一个不用开口说话，靠眼神就能将她吃了的婆婆。

后来她才知道，周大旺曾经在回家的路上见过她一面，之后便对她的容貌念念不忘，他不顾母亲的反对，拿出家中所有的积蓄娶她为妻。他的母亲疼惜儿子，自然不会多加阻拦。却在儿子拿出所有积蓄打定主意要娶她那一刻，便认定了她是个专会勾引男人，掏空男人家产的妖精。新婚那日，婆婆见她身材矮小，腰肢纤细，更觉得她不是个好生养的，不能给周家延续香火，顿时感觉那三石谷子简直是打了水漂。因此，看到她便觉得气血上涌，眼睛里像要喷出火来。

好在，她的夫君虽然脾气不好，但毕竟是看她一眼就非她不娶的人，面对她时还算温柔。再加上毕竟新婚燕尔，周大旺对她几乎百依百顺。

她渐渐沉浸在这样的温情里。毕竟，夫君虽然不识字，但对她还算不错，就算脾气不好，她多让一让也就过去了。至于婆婆那里，她相信"精诚所至，金石为开"。只要她谨守本分，做好该做的事情，总有一天会打动她的。

在这个小小的村庄中她算得上饱读诗书，却也因为常年与诗书为伴，容易将世上所有的事情想得过于简单美好，以至于不懂得人心难测。事实证明，"以真心换真心"的路，并不是任何时候都能走得通。

她不知道，周大旺虽然喜欢她，却只是喜欢她的皮相而已，这种肤浅的喜欢随着时间的流逝，很快就会消失得无影无踪。她也不知道,当一个人极度讨厌另一个人时,会觉得他连呼吸都是错的,正如婆婆眼中的她。

她与周大旺甜甜蜜蜜,婆婆便觉得她有意挑拨他们母子间的关系,让周大旺娶了媳妇忘了娘;天气寒凉,她给婆婆端来热茶,却被怀疑是不安好心,想要烫伤婆婆;她几乎包揽了所有的家务,因为过于劳累,在做饭时站着打起了瞌睡,被婆婆撞见便是一顿打骂;甚至,她洗衣时看见河边的梨花开了,便摘下一朵戴在头上,回家时被婆婆瞧见,婆婆便一口咬定她头戴白花,就是有意咒她早死,好在家里称王称霸。

她一直默默忍受着婆婆毫无理由的怒火,只盼她能早日消气,看见她的好处,但婆婆对她的挑剔与折磨好像永远都没有尽头。可她一直没有将这种事情告诉丈夫,生怕他在地里忙完农活后还要为家中琐事操心劳累。她的婆婆呢,好像自己折磨她还不过瘾似的,不知从何时起,竟开始在周大旺的面前告起状来。

她从不知道,一个妇人的口中居然能说出那样恶毒的污言秽语,又能将那些从未有过的事情说得那般活灵活现。

而她的夫君,总是站在母亲身边,默默地听着,不发一言。她多希望,这种时候身为丈夫的他能够站出来安抚婆婆的情绪,或是在他们回房之后,对她说一句安慰之言。

可是，一次次的盼望，都只换来了失望。她的丈夫非但对她没有半点维护，反而对她越来越冷淡，不再愿意与她说话。有时候，他在雇主家受了责骂，回到家中也会将怒气尽数发泄在她身上，完全没有了新婚时柔情蜜意的样子。

她在周家唯一的乐趣是写诗，在村中唯一一个可以吐露心事的朋友，是邻居韩家的女儿韩西。

那年，她染了重病，发着高烧还不得不起身做饭，做完饭后便倒在床上昏昏沉沉。她的丈夫和婆婆三两下便将饭菜吃了个精光，从未问过她一句死活。倒是韩西见她没去河边洗衣，到底放心不下前来探望。得知她高烧不退，又忙前忙后照顾了许久，直到她退烧才离开。

可惜后来她的好友远嫁，她偷偷写诗被婆婆发现，责备她肩不能提手不能扛，只知道写写画画浪费钱财，便将她的手稿扔进了做饭的火膛里。

她的朋友离开了她，她的诗稿被无情烧毁。她曾以为，自己已经坠入无尽的深渊，此生最快乐的日子便是跟着舅舅读书的那段时光。直到，她遇见了一个叫史震林的秀才。

与史振林的相遇纯属偶然。那日，她正趁着外出倒垃圾的空当偷偷写诗，一阵风吹过，将她刚写完的作品吹落到史振林脚下。

　　他本是来乡间踏青的，却机缘巧合遇见了一位身量窈窕面容清丽的年轻女子，更难得的是，竟还有着这样令人惊艳的才情。

　　她呢，自从嫁给周大旺，便从未想过此生还有机会遇见这样的人，儒雅，挺拔，欣赏她仅有的一点才华，完全是自己情窦初开时偷偷幻想过的意中人的样子。

　　可是，那又能改变什么呢？她这一生，注定是周大旺的妻子。短暂的交谈过后，她不得不说出一句"时候不早了，还要回去给婆婆做饭"来结束这场来之不易的谈话。

　　她明显感受到了对面那人的失落，却必须转身离去。不一会儿，他从后面追了上来，与她约定每个月的今日，都在此处交换诗稿，以诗相交。

　　她本想拒绝，身体却抢先一步做出了点头的动作。后来，他们真的有过数面之缘，她的诗词也正是因为这个叫史振林的男人才流传下来。

　　只是，不久之后史振林便因为科考，不得不离开了。在那样的时代里，史振林并没有足够的勇气帮她脱离苦海，而从小在乡村长大的贺双卿，也绝没有李清照那样的勇气与魄力。他们的缘分，就这样匆匆开始，匆匆结束。

　　贺双卿的生命，永远停在了二十岁那年。后来，史振林中了进士，故地重游，曾找寻过她。只可惜昔日佳人，早已化为一抔黄土。

　　原来，不是每个时代的姑娘都有读书的自由，更不是每个时代的女子都能够依靠才华改变命运，想来让人不禁唏嘘。

与妻相伴如幻梦，恍惚昨夜已成空·《浣溪沙》

——（清）纳兰性德

谁念西风独自凉，萧萧黄叶闭疏窗，

沉思往事立残阳。被酒莫惊春睡重，

赌书消得泼茶香，当时只道是寻常。

按照常理来说，纳兰性德的一生本该十分顺利。

他是满洲正黄旗人，父亲是康熙朝权倾朝野的大学士明珠，母亲是亲王之女。于天下大多数人而言，这已经是想都不敢想的泼天富贵，可他却偏偏为情所困，生生将自己变成了"人间惆怅客"。

在遇到发妻卢氏之前，他是有心上人的。

他还记得他们初见时，他也只不过把她当成少不更事的小妹妹，并没有生出什么旖旎的心思。大约年少时的心动总是那样的猝不及防，是从什么时候开始的呢？大约就是多年前那个春日的午后，屋外阳光正好，他读书多时，有些疲倦，想去回廊上散散心。正巧在回廊上看见了站在井边桃树下的她，不知怎的，便想起诗经里那句"桃之夭夭，灼灼其华"来，只觉得心念一动。在此之前，他也见过好些世家女子，温柔的，活泼的，骄蛮的，端庄的，却终究没有过这样的感觉。

一时间，他站在那里，有些手足无措。倒是她先开口，唤了他的名字，声音清亮婉转，仿佛还带着桃花的香气。见他回过神来，她又迅速将头低下去，却又不甘心似的，慢慢抬起头，看向他的眼睛。

后来，那条本来没有多少人经过的僻静回廊，仿佛成了他们的秘密基地，没事的时候，总要去那里站上一会儿。就算什么都不做，什么都不说，能和心爱之人肩并肩地站在一起，也会觉得无限满足。再后来，他们终于吐露了彼此的心意，在每一个属于恋人的日子里海誓山盟，两情依依。他甚至偷偷幻想过他们大婚当日的情景。

如今想来，年少时的感情纯粹热烈，却也过于脆弱，简单。简单到，他们曾经都以为，只要相爱，就一定可以白头偕老，却不知道，那看似和煦的清风，吹散了多少情深缘浅的叹息。

她最终因为一纸诏书不得不入宫选秀。无论她今后的命运如何，生死荣辱，终究皆与他无关了。纳兰府的权势再大，也大不过皇上，大不过皇权；他再痴情、再任性，也不能拿整个家族的生死存亡去换他的爱情。

他曾因相思入骨，不惜赌上性命，在国丧期间买通了进宫诵经的喇嘛，把自己装扮成喇嘛的样子，混入宫禁之中只为看她一眼。然而宫禁森严，他能为她做的，也就是以喇嘛的模样与她遥遥相望了。

侯门一入深似海，从此萧郎是路人。不是每个人都有崔郊那样的好运气，遇到余顿那样的权贵，在他有心放弃与婢女的感情时偏偏峰回路转，柳暗花明。

他必须任由她走出自己的世界。此生无法与她携手共度，只盼她能在寂寂深宫中平安顺遂便好。

　　青梅竹马的初恋，总是令人刻骨铭心。她离开后，他曾以为自己这一生，再也不会拥有爱情。所以，当父母准备给他定一门亲事时，他其实并没有什么过多的想法。他早已到了成家立业的年纪，父母有这样的想法也很正常。今生注定与心中所爱之人有缘无分，那么，要娶的这个人是谁又有什么区别呢？

　　没过多久，他便知晓了妻子的身份，两广总督卢兴祖之女卢氏。果然，两广总督，封疆大吏，和父亲京中要员的身份很是相称。

　　婚礼那天，纳兰府格外热闹。这热闹明明是因他而起，却又好像与他无关。喧闹结束后，他终于能够走入房内，看一看长辈们口中才情高妙，贤良淑德的女子。

　　走至床边，他分明感受到了眼前女子的紧张。忽然想到，这桩婚姻里，不仅他没有见过自己的妻子，她也未曾见过自己的夫君啊。与他相比，眼前这位姑娘一朝嫁入纳兰府，或许在外人看来是风光无限，但她需要面对的是陌生的环境，陌生的家庭，纳兰府上上下下的人际关系，以及之前从未见过面，之后却要相守一生的夫君。

　　这样想着，心中不禁涌出几分怜爱来。想了想，终于对她说了句："别怕。"

　　掀开盖头的那一刹那，他是有些吃惊的。

关于她的家世容貌，才学性情，父母之前已与他说了很多次，当时却没有多少期待的情绪，只觉得合适就好。今日一见，盖头下的她虽不是倾国倾城的绝世姿容，却有一种独特的温婉秀丽，在洞房花烛的映衬下，显得别具风情。

新婚后的他，还一时不能从上一段无疾而终的情缘中完全走出，有时候，看到府中的一砖一瓦、一草一木，都会想起从前的海誓山盟来，无端生出一阵恍惚。

她是他的妻子，早在待字闺中时，就已经久闻京中才子纳兰容若的大名，留意他的消息。他与心上人两情相悦却被迫分离的事情在世家贵族的圈子中算不得什么不为人知的秘密，未成婚时，她已经知道他的心中已经住了一位女子。

可是，那又如何呢？即便如此，她还是愿意嫁给他，做他的妻子。也许纳兰府当初与卢家联姻的时候更多的是出于两家身份地位的考虑，但那又有什么要紧？

对于他的过去，她从不追问，对于他偶尔的恍惚与愁容，她也选择宽容和理解。

时间是治愈一切伤口的灵药。聪慧如她，自信可以在日后的相处中，自然而然地走进夫君心里。

她好像并没有做什么惊天动地的大事，却在并不算长的时间里赢得了全府上下的交口称赞。这其中，当然也包括她的夫君。

不知从何时起，他们的相处变得格外亲密起来。原先不敢多看的金井与回廊，也成了他和她说话谈心的去处，闲来无事时，他也总喜欢与她一起品茗赏花，赌书泼茶。

她会在素白的裙子上用前人绘画时常用的折枝笔法画一枝栩栩如生的梅花，穿上那衣裙走路时摇曳生姿，灼灼动人。

她的书法其实算不上太好，闲来无事时也总会央求着他指点一二。多数时候，他是尽职尽责的老师，她是认真练习的学生。有时候，他也不免会有些调笑的心思，假借示范之名握着她的纤纤玉手，写一些你侬我侬的缠绵词句。她到底是名门闺秀，即使已经成婚，对一些不加掩饰的缠绵诗文也会害羞不已，即使被他握着手也不肯继续写下去。

他们在一起时，总会有很多这样或恬静、或欢乐的美好时光。以至于后来他作为皇上的御前侍卫，不得不陪王伴驾随皇上出门远行时，不过才离家数日，就开始思念她。即使只是看到天边的一抹微云，也能想到晨起时她精心画眉的模样。离家久了，独宿在外，也会在夜深人静时听见她在他耳边诉说思念。说着说着，声音里竟涌上几分泪意与薄怒，怨怪他书信渐稀。每当他想要搂她入怀好好解释一番，却又会忽然惊醒，方知自己不过是日有所思夜有所梦罢了。

　　得知她怀孕的时候，全府上下都沉浸在了无限欢欣的氛围中，却不想，这个承载了太多爱与期待的孩子，最终夺走了母亲的性命。

　　与她天人永隔之后，他依然常常在梦中见到她。与当初她的默默陪伴不同，即使在梦中，他也迫不及待地想要知道，她身边是否有旁人陪伴。说来可笑，他既害怕她无人陪伴难免孤寂，又害怕她在另一个世界身边另有他人，便不愿时常入梦见一见他。

　　几年之后，他在一场宴会上经好友顾贞观介绍，认识了江南女子，沈宛。江南，自古以来就是一见钟情的最佳地点。彼时，他们是暂时忘却世事纷扰的才子佳人，于觥筹交错中吟诗作赋，一醉方休。沈宛并不是空有皮相的女子，于诗词一道颇有些才气，对纳兰容若更是仰慕已久。宴席总有结束的时候，纳兰也不可能在江南久居。但是，她不想让自己与他的缘分就此结束，便放弃了江南的安稳生活，追随心爱的男子来到京城。

　　他是满洲贵族，她是平民汉女。她自然知道他们的身份天差地别，终其一生，她大约都无法跨进纳兰府的大门，哪怕是以姜室的身份。

　　可是，她还是来了北京，在他安排的一处四合院中住下。他身份贵重，又是皇上身边的御前侍卫，自然无法时刻陪在她身边。而她唯一能做的，也只是在这方小小的四合院中，等他。

　　幸运的是，这种等待并不是无望的，因为知道等的那个人一定会来，所以再长的等待也只会让重逢的那一刻变得更美好。

　　他们也确实度过了一段美好的时光。一方小院，有阳光，有爱人，有琴棋书画诗酒花，也有柴米油盐酱醋茶。四方的墙壁不再是阻隔，反而将一切名利、身份的牵绊与阻碍都隔绝在外，构筑出一个只属于他们的世外桃源。

　　可惜，这世间从来都是彩云易散琉璃脆，美好的东西总是难以长久。这一次，先离开的那个人不是沈宛，而是容若。

　　仅仅一年之后，他便在府中一病不起，刚过而立之年便撒手人寰。而小院中的她，已然怀有身孕，却碍于身份卑微，无法进入府中送他最后一程。

　　"被酒莫惊春睡重，赌书消得泼茶香，当时只道是寻常。"这首《浣溪沙》普遍被认为是纳兰性德悼念亡妻卢氏的作品。其实，他的深情不止给了亡妻一人。只是，回首他的一生，似乎每一段感情都是充满遗憾的。细细想来，又有哪一段感情没有经历过那些温情脉脉的美好时光，担不起一句"当时只道是寻常"的感慨呢？

英雄多留恨，江山媚情长·《圆圆曲》

——（清）吴伟业

鼎湖当日弃人间，破敌收京下玉关。

恸哭六军俱缟素，冲冠一怒为红颜。

红颜流落非吾恋，逆贼天亡自荒宴。

电扫黄巾定黑山，哭罢君亲再相见。

相见初经田窦家，侯门歌舞出如花。

许将戚里空侯伎，等取将军油壁车。

家本姑苏浣花里，圆圆小字娇罗绮。

梦向夫差苑里游，宫娥拥入君王起。

前身合是采莲人，门前一片横塘水。

横塘双桨去如飞，何处豪家强载归？

此际岂知非薄命，此时只有泪沾衣。

熏天意气连宫掖，明眸皓齿无人惜。

夺归永巷闭良家，教就新声倾座客。

座客飞觞红日莫，一曲哀弦向谁诉？

白皙通侯最少年，拣取花枝屡回顾。

早携娇鸟出樊笼，待得银河几时渡？
恨杀军书抵死催，苦留后约将人误。
相约恩深相见难，一朝蚁贼满长安。
可怜思妇楼头柳，认作天边粉絮看。
便索绿珠围内第，强呼绛树出雕栏。
若非将士全师胜，争得蛾眉匹马还。
蛾眉马上传呼进，云鬟不整惊魂定。
蜡烛迎来在战场，啼妆满面残红印。
专征萧鼓向秦川，金牛道上车千乘。
斜谷云深起画楼，散关月落开妆镜。
传来消息满江乡，乌桕红经十度霜。
教曲伎师怜尚在，浣沙女伴忆同行。
旧巢共是衔泥燕，飞上枝头变凤凰。
长向尊前悲老大，有人夫婿擅侯王。
当时只受声名累，贵戚名豪尽延致。
一斛珠连万斛愁，关山漂泊腰支细。
错怨狂风扬落花，无边春色来天地。
尝闻倾国与倾城，翻使周郎受重名。
妻子岂应关大计，英雄无奈是多情。
全家白骨成灰土，一代红妆照汗青。

君不见馆娃初起鸳鸯宿，越女如花看不足。

香径尘生鸟自啼，渫廊人去苔空绿。

换羽移宫万里愁，珠歌翠舞古梁州。

为君别唱吴宫曲，汉水东南日夜流。

《圆圆曲》，清代诗人吴伟业的代表作。诗风明显受白居易《长恨歌》影响，一首诗写尽了陈圆圆的一生。《圆圆曲》虽不如《长恨歌》那样家喻户晓，但其中的一句"冲冠一怒为红颜"也算是人尽皆知的名句，而吴三桂与陈圆圆这两个名字，注定会被后人一次又一次地提起。

仔细比较，不难发现，陈圆圆与柳如是有着许多相似的地方。

同是出身贫苦，被迫沦落风尘；

同是出类拔萃，位列秦淮八艳；

同是声名在外，又为声名所累；

同是身处乱世，一生辗转飘零。

大约乱世中风尘女子的命运，都有着几分相似吧。

但与柳如是相比，陈圆圆的的一生又显得更具传奇色彩。这也许是因为，与她一起被提起的那个人，叫做吴三桂。

柳如是嫁给钱谦益之前曾与多名男子有过交往，同样，陈圆圆在遇到吴三桂之前，也曾经历过漂泊无定的人生。

她的父亲原本是以卖货为生的小商人，家中虽没多少资产，日子也算过得下去。不仅如此，陈父还热爱曲艺，经常出入各大戏班，甚至出资请戏班来家中献唱。陈圆圆从小就在各种戏曲声中长大，耳濡目染，打下了唱戏的根基。

如果父亲的生意顺利，她这一生，就算不是名门闺秀，大家小姐，最起码也是普通人家捧在手心里长大的女孩子。生得好看，吃穿不愁，还有点艺术细胞。长到嫁人的年纪，便托媒人寻得一户踏实可靠的人家，结婚生子，度过一生。

只可惜，生活从来就没有如果。父亲生意失败，家中财产所剩无几。无奈之下，她被卖入妓馆，凭着姣好的容貌和动听的歌喉，逐渐成为名动一时的歌妓。

也有当地官员的儿子对她倾慕不已，不惜重金为她赎身，要纳她为妾。最终毫不意外地因为身份问题，被他的父母阻止。

后来，就像柳如是遇到过翩翩公子宋辕文，陈圆圆也遇上了风流才子冒辟疆。只是，她和这位才子的缘分还未正式开始，就被当朝宠妃的亲爹田宏遇无情打断。

不知是谁说过，美貌是女人的武器。可有时候，美貌也意味着危险。就像田弘遇身居高位，喜欢金银珠宝、香车美人，自然要利用手中的权柄让人大肆搜寻，如同集邮一般。而艳名远播的陈圆圆，自然是他重点寻找的美人之一。

匹夫无罪，怀璧其罪。

田弘遇并非什么良善之辈，陈圆圆在田府的日子想来也并不好过。

此时的大明江山也处在风雨飘摇之中。清兵入侵，农民起义，即使崇祯皇帝有心力挽狂澜，无奈整个王朝已经烂到了骨子里，改朝换代是迟早的事情，如今的种种抵抗，也只不过是一个曾经强大的王朝，在行将就木时发出的阵阵喘息声而已。

而吴三桂，本该是这喘息声中的一股强大力量。他的父亲，是锦州总兵吴襄，舅舅是明朝著名将领祖大寿。

出生在这样的家庭，吴三桂带兵打仗的本事很快显露出来。恰逢朝廷正是用人之际，父亲去世之后，吴三桂很快便承袭了父亲的衣钵，并在之后的战役中成功击退清军，保卫京城。年纪轻轻，便成为朝廷中炙手可热的大人物，也就顺理成章地成了各路人马争相巴结讨好的对象。

田弘遇正是其中之一。此时，他的女儿田妃早已病逝，他的爵位虽然尚在，但势力已经大不如前。在这种兵荒马乱的时刻，就连崇祯皇帝都要依靠吴三桂击退清军，时不时对其进行嘉奖，更何况一个小小的田弘遇。

想要巴结别人，最重要的一点必然是投其所好。以田弘遇的能耐，打听到吴三桂的喜好并非难事。所谓英雄难过美人关，吴三桂作为骁勇善战的英雄，也一样不能免俗。

就这样，吴三桂与陈圆圆，在田弘遇的府上发生了交集。

也有相关文献记载，他们的这次会面，其实是陈圆圆深思熟虑，蓄谋已久的。作为在欢场中摸爬滚打过的女子，她早已敏锐地察觉，身处这样的世道，田弘遇自然不是可以依靠之人，连皇帝的宝座都未必能坐长久，她必须在有限的时间内给自己找一个强有力的依靠。很显然，吴三桂就是最佳人选。于是她便时常向田弘遇提起这个名字，劝说他趁早结交手握兵权的可靠之人，以求日后安稳。几番努力，这才让田弘遇将吴三桂请到府上，得以相见。

历史的细节早已淹没在滚滚红尘之中无法详加考证。因缘际会也好，蓄谋已久也罢，陈圆圆总算是抓住了这万分难得稍纵即逝的机会，在田府的酒宴上，成功引起了吴三桂的注意。

初见陈圆圆，吴三桂心花怒放，几乎毫不掩饰地流露出志在必得之意。当然，以吴三桂的势力，面对有求于己的田弘遇，他也不必遮遮掩掩。酒宴结束之后，他便毫不避讳地提出了自己的要求：既然想得到他的庇护，不如就用色艺双绝的陈圆圆作为交换，必能换得田府上下平安。

至此，"陈圆圆"这个名字，正式和"吴三桂"联系在了一起。虽说历史的细节已经不那么重要，但仔细想想，若这一切都只是命中注定，那么她与他的缘分可谓是乱世风云中的"金风玉露一相逢"，从此，她于他而言便是"胜却人间无数"，终究是有些心有灵犀的浪漫和一眼定终身的美好；若是陈圆圆思索再三、苦心孤诣的安排，终归少了些旖旎浪漫的气氛，连带着读到"冲冠一怒为红颜"这样的句子时的震撼都会减少几分。

之后的日子，前线战事日紧，吴三桂不得不奔赴前线，田弘遇也遵照约定，将陈圆圆送进了吴府。不久后，她便随着吴三桂的父亲一起来到了京城。

1644年，清朝的军队尚未进入山海关，率先占领北京城的，是农民起义领袖，"闯王"李自成。

大明王朝终于结束了最后的苟延残喘，崇祯皇帝上吊自杀。

明朝的突然覆灭让吴三桂的军队成了一支孤悬的力量。他打算归顺李自成，将原本由自己镇守的山海关交给了前来招降的将军。却在上京城面见新主的路上，接到了来自家丁的变故。

李自成进京后对他的部下管束不严，纵容部下在城中肆意掠夺，为非作歹。其实，这样的乱世，又有什么好抢夺的呢？无非就是钱财和美人而已。偏偏这两样，吴三桂皆有。

结果显而易见。李自成的手下逼迫吴三桂的父亲交出家中所有财产，陈圆圆作为美人更是在劫难逃，被无端闯入家中的人马强行带走。

这才有了那句家喻户晓的"冲冠一怒为红颜"。作为明朝的著名将领，即使明朝已经灭亡，他本应该与李自成统一战线，共同抗击山海关外的清军。他原本也是打算这样做的。但是，突如其来的变故让他改变了想法。

他当机立断，调转马头杀回山海关，将山海关内李自成的军队杀得片甲不留。

其实，按照当时的态势，凭借吴三桂手中的兵力，无论如何都没有办法和李自成或者清兵的势力长期抗衡。也就是说，他必须在这两股势力中选择其一。若是攻打李自成，那么归顺清军则是早晚的结果。

中国自古以来便强调"文死谏，武死战"。对一个明朝的边关守将而言，这样的行为，必定会遭到万人唾骂。若是忍下这口气仍然选择归降李自成，则很可能在之后的抗清战争中被视为坚守民族气节的英雄。

吴三桂不可能不懂。但是，他依然选择了那条很可能让他英名尽毁的路，只是因为他觉得"大丈夫不能保一女子，有何面目见天下人！"

果然，为了彻底击败李自成的军队，吴三桂彻底降清，顺势打开山海关的大门，迎清兵入关。

李自成无力抵抗，只能率领余部，仓皇出逃。中国的历史，也从此正式进入了一个新的朝代。

而惨遭劫掠的陈圆圆，在这场狼狈的逃窜中，虽然活了下来，却被无情地遗弃在途中。不得已，她只能和那些侥幸存活的难民生活在一起。在距离京城二百多公里以外的定州，颠沛流离，无枝可依。

很难想象她是如何在那样孤独绝望的境地中存活下来的。更让人想不到的是，吴三桂从未放弃过寻找她的踪迹。在陈圆圆失踪多日之后，他们居然又意外重逢。

她还活着，而他居然在难民堆里找到了她。

据说，他们重逢那天，曾紧紧相拥，喜极而泣。之后，吴三桂更是对陈圆圆百般娇宠，有求必应。不过，也有人认为陈圆圆饱受战乱之苦，虽然最终回到吴三桂身边，却早已在颠沛流离中看破红尘，最终选择了削发为尼，了此残生。

正史之中留给女性的位置向来少得可怜，所以才会引发这么多莫衷一是的猜测。不过，看了许多所谓"舍小节，成大义"的事迹，突然觉得"冲冠一怒为红颜"的故事倒多了几分至情至性的可爱。吴三桂可能没有守住作为明朝守将的气节，但是，却在山河破碎的年代用尽全力守护了一个叫陈圆圆的女子，倒也感人至深。

不过，若有来生，比起世人口中的"一代名妓""传奇女子"，或许，她更想要的，只是平平淡淡、默默无闻地过完自己的一生。